Ralf Strackbein

Tristan Irle

Locht ein!

Ein Siegerländer Kriminalroman

Magolves-Verlag
Siegen

www.magolves.com

1. Auflage 2007
1.–6. Tausend
Magolves-Medienservice
Magolves-Verlag

Umschlag-Gestaltung: Michaela Becker
Satz und Buchherstellung:
Vorländer GmbH & Co. KG, Siegen

ISBN: 978-3-935378-18-5

Das Buch wurde auf chlorfrei gebleichtem Papier gedruckt.

Zum Buch:

Als vor mehr als 400 Jahren die alten Schotten damit anfingen, einen Ball mit einem Schläger über die Heidesteppen zu schlagen, um ihn in einem Loch zu versenken, hätte sich niemand vorstellen können, das Jahrhunderte später Millionen Menschen weltumspannend nach denselben Regeln spielen. Einige dieser Regeln und Begrifflichkeiten finden Sie verständlich erklärt in diesem Buch wieder. Dabei greife ich u. a. auf die Erklärungen von Eberhard Müller zurück, die in der Beilage der Süddeutschen Zeitung, „golf spielen", veröffentlicht wurden.

Eines der ersten in Deutsch verfassten Golf-Regelbücher stammt aus dem Jahr 1575. Zu dieser Zeit spielten hauptsächlich Adelige und reiche Kaufleute das Golfspiel. Doch seitdem hat sich in Deutschland einiges in Sachen Golf getan. Heute spielen Angestellte, Selbstständige, Beamte, Lehrer und Studenten Golf. Natürlich gibt es auch weiterhin Golfspieler, die wie vor 400 Jahren ihr Bankkonto mit einem breiten Grinsen ansehen und gängige Klischees bestätigen, was letztlich zu der Idee führte, Detektiv Tristan Irle auf einem Golfplatz ermitteln zu lassen.

Als begeisterter Golfanfänger würde es mich freuen, wenn der ein oder andere nach der Lektüre Lust verspürt, selbst mal einen Golfschläger in die Hand zu nehmen. Versuchen Sie es, aber seien Sie davor gewarnt: Der Golfvirus ist höchst ansteckend.

Zum Schluss sei angemerkt, dass es sich bei dieser Geschichte um eine Fiktion handelt, dass beschriebene Charaktere erfunden sind, dass jede Ähnlichkeit mit realen Tatbeständen, lebenden oder juristischen Personen, Örtlichkeiten, Körperschaften, Unternehmen, Gesellschaften oder Organisationen, natürlichen und übernatürlichen Hierarchien rein zufällig ist.

Siegen, September 2007
Ralf Strackbein M.A.

Kreis Siegen-Wittgenstein

Übersichtskarte

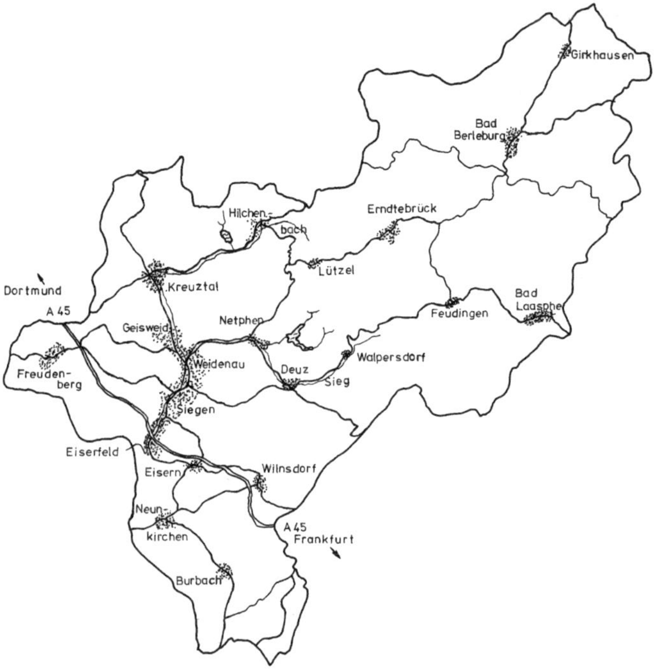

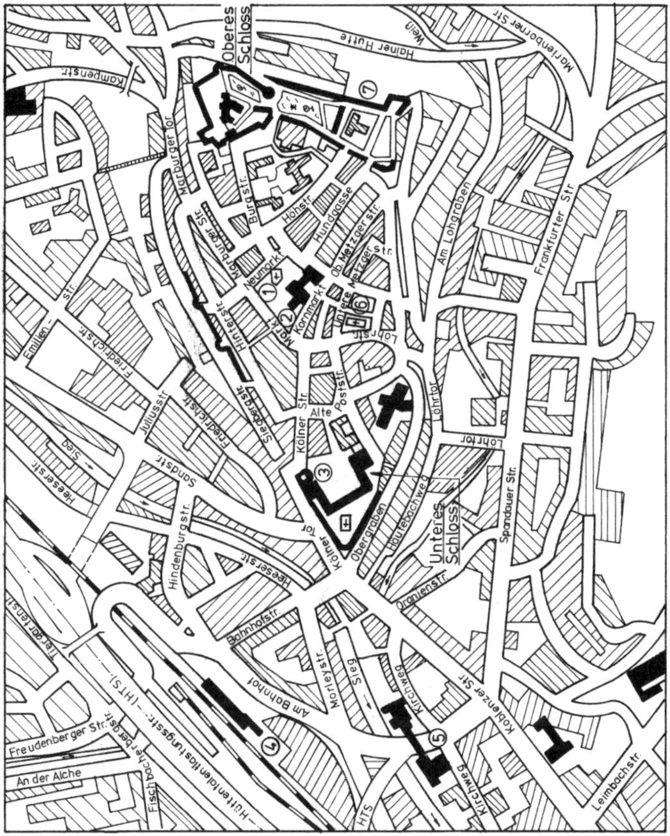

1 Nikolaikirche

2 Rathaus I und Marktplatz

3 Dicker Turm mit Glockenspiel

4 Hauptbahnhof

5 Landgericht

6 Marienkirche und Tristans Zuhause

7 Schlosspark

Personenverzeichnis:

Zwecks besserer Übersicht finden Sie auf den nachfolgenden Seiten eine Liste der Personen, die in dieser Geschichte mehr oder weniger verdächtig dargestellt werden. Die Reihenfolge ist beliebig und sollte den Leser oder die Leserin nicht dazu verleiten, irrtümliche Schlüsse über Tathergang und Mörder zu ziehen.

Golfclub:

Theo Euteneuer, das bedauerliche Opfer.

Julius Donnerscheid, Präsident des Golfclubs und ziemlich unter Druck.

Anfred Vetter, Spielführer im Club und ideenreich.

Tigram Busch, Angestellter und ein klasse Golfspieler.

Marek Sänger, Unternehmer und leidenschaftlicher Golfspieler.

Jaqueline Sänger, Frau des Unternehmers, nimmt Nachhilfestunden.

Tamara Ortmann, Enkelin des Präsidenten.

Loni Lohnstein, Mitglied und engagiert.

Claude-Marcel Weber, ehemaliger Richter.

Nico Schmallenberg, Gastspieler, sehr ehrgeizig.

Herbert Meier, Head-Greenkeeper, hat die Ruhe weg.

Colin McDonald, Pro (Golflehrer), voll im Einsatz.

Tanja Vogelberg, Clubsekretärin, ohne die nichts gehen würde.

Chefkoch Weude, am Grill.

Beamte:

Norbert Pfeiffer, Hauptkommissar in der Mordkommission.

Werner Holzbaum, Kommissar, Kollege und Mitarbeiter des Hauptkommissars.

Friedrich Büdenbender, Oberstaatsanwalt, auf dem Weg in die Ferien.

Paola Solanis, Finanzamt, und eigentlich viel zu schön für diesen Job.

Freunde:

Tristan Irle, Privatdetektiv, nimmt Golfunterricht.

Helga Bottenberg, Lebensgefährtin des Detektivs, vom Clubhaus fasziniert.

Erich Roth, Diakon der Marienkirche, mit einem bösen Omen.

und

Marlowe, der mit Bällen spielt.

1. Ein schwarzer Corvus corax …

Donnerstagabend

Ein schwarzer Corvus corax schwebte auf die sorgsam gemähte 12. Spielbahn des Golfclubs. Der Kolkrabe blickte kurz nach rechts und links, dann begann er mit dem Schnabel nach Insekten zu picken. Keine 50 Meter entfernt steckte Theo Euteneuer ein kleines Hölzchen* in den Boden, das einem Nagel ähnelte. Statt eines flachen Kopfes besaß dieses Hölzchen ein kegelförmiges Ende. Auf dieses hemdknopfbreite Ende legte er einen glänzenden, weißen Golfball mit einem Greif als Logo.

Theo Euteneuer trat einen Schritt zurück und blickte die lange Spielbahn hinunter, die gegen Ende nach rechts abbog. In der linken Hand hielt er einen langen Golfschläger, den er liebevoll *Berta* nannte. Was nichts mit seiner geschiedenen Frau zu tun hatte, die denselben Vornamen trug, sondern schlicht eine verkürzte Form des Schlägernamens war, den der Hersteller sich – nicht ganz politisch korrekt – vor Jahren ausgedacht hatte. Theo atmete einmal tief durch, dann stellte er sich neben seinen Ball, korrigierte nochmals den Stand und schwang die *Berta*.

---

* Sogenanntes *Tee* (sprich Ti), Erfinder Dr. Wilhelm Lowell 1920. Hat nichts mit dem Getränk Tee zu tun.

Ein metallisches Geräusch erklang, als *Berta* auf den Ball traf und ihn über die Spielbahn jagte. Theo sah der weißen Kugel nach, doch die tief stehende Sonne blendete ihn.

»Wird wohl liegen«, brummte er und hoffte, dass der Ball nicht ins Aus geflogen war. Er steckte die *Berta* zurück in seine Golftasche, die auf einen Trolley geschnallt war. Der Trolley bestand aus zwei Rädern und einem Titanrohr, das so filigran gebogen war, dass es zusammengeklappt einer riesigen Büroklammer ähnelte. Das gute Stück gehörte zu den Luxusmodellen und hatte mit einfacheren Modellen, die nicht selten an Einkaufswägelchen für Gehbehinderte erinnerten, weder im Preis noch Design etwas gemein.

Der Kolkrabe hatte sich durch den Abschlag nicht beirren lassen. Hungrig pickte er weiter Insekten aus dem Rasen. Erst als Theo langsam auf ihn zukam, fixierte er den Mann. Der kluge Vogel hatte gelernt, dass die langen Zweibeiner direkt auf ein weißes, rundes Ding zuliefen, das man weder fressen noch für den Nestbau benutzen konnte. Kreuzte man ihren Weg nicht, konnte man mit ein wenig Vorsicht die Nahrungsaufnahme fortsetzen.

Theo interessierte der Rabe herzlich wenig. Er blinzelte in die Abendsonne, die den Golfplatz im nördlichen Siegerland in ein weiches Licht tauchte. Noch konnte er durch die blendenden Sonnenstrahlen nicht erkennen, wo der Ball gelandet war. Angespannt schritt er weiter die

Spielbahn entlang. Nach gut zweihundert Metern stieß er einen erleichterten Seufzer aus. Vor ihm glänzte auf dem satten Grün der Golfball. Bedächtig ging er, den Trolley hinter sich herziehend, dem glänzenden Punkt entgegen und passierte einige angepflanzte Bäume, die rechts an der Spielbahn bereits lange Schatten warfen. Von der 12, wie die Spielbahn abgekürzt genannt wurde, hatte er einen guten Blick auf den Rest des Golfplatzes. Überrascht stellte er fest, dass trotz des schönen Wetters nur wenige seiner Clubkameraden unterwegs waren. Dies war umso erstaunlicher, da am morgigen Freitag die „Offene Clubmeisterschaft“ beginnen würde. In den nächsten beiden Tagen spielten Golferinnen und Golfer aus unterschiedlichen Clubs um den Meisterschaftspokal. Sollte es nach zwei Spieltagen einen Gleichstand geben, würden am Sonntag die Besten in einem Stechen um den Titel spielen.

Theo machte sich keine Hoffnung auf den Titel, dazu war er nicht gut genug, aber einen Platz unter den besten Zehn, den strebte er schon an.

Er erreichte seinen Ball.

2

»Das sieht doch albern aus!« schnaufte Tristan Irle, während er sich in einem großen Spiegel betrachtete, der in einer Abschlagbox des Golfclubs befestigt war.

Tristans Lebensgefährtin, eine jugendlich gebliebene Mittvierzigerin, trat einen Schritt zurück und musterte ihren Freund.

»Dieser Strickpullunder steht dir ausgezeichnet«, antwortete Helga Bottenberg überzeugt.

»Ich weiß nicht«, brummte der Detektiv, »diese Karomuster sind gewöhnungsbedürftig.«

»Das trägt man hier nun mal«, entgegnete sie liebevoll und fügte gelassen hinzu: »Allemal besser als deine alten Strickjacken.«

Tristan Irle, von Beruf Privatdetektiv, schüttelte den Kopf.

Behutsam nahm er seine goldene Halbbrille von der Nase und steckte sie in ein Etui. Das Etui verschwand in der Tasche einer weißen Leinenhose, deren Hosenbund durch einen leichten Bauchansatz schon ziemlich strapaziert wurde. Tristan betrachtete sich nochmals in dem riesigen Spiegel, der die gesamte Breite der Abschlagbox abdeckte, und versuchte den Bauch einzuziehen. Leider wölbte sich der karierte Pullunder, den er über einem blauen Poloshirt trug, immer noch.

»Ich finde die Idee gar nicht mehr so gut«, sagte Tristan mit dem Mut des Verzweifelten.

»Vergiss es«, erwiderte Helga. »Das Geschenk kannst du jetzt nicht mehr zurückgeben.«

Sie strich sich eine ihrer störrischen Locken aus dem Gesicht. »Du hättest besser überlegen sollen, was du sagst«, tadelte sie, »jetzt musst du da durch.«

Tristan nickte.

Helga hatte mal wieder recht.

Hätte er vor einigen Wochen bei einem Besuch seiner Schwester in Walpersdorf den Mund gehalten, stände er jetzt nicht hier.

Damals traf er seine Nichte Sarah und seinen Neffen Sebastian im Wohnzimmer an, wie sie gerade eine Übertragung eines Golfturniers im Fernsehen verfolgten. Mit Staunen vernahm er, dass die beiden seit Beginn des Jahres mit dem Golfspiel begonnen hatten. Da er wusste, wie kostenbewusst sein Schwager Hans die Dinge anging, wunderte er sich. Elisabeth erklärte ihm schließlich, dass Hans seinen Kindern im letzten Jahr nach einem Einser-Noten-Durchschnitt im Halbjahreszeugnis einen großen Wunsch erfüllen wollte.

Die beiden waren im besten Teenageralter, und so hatte Hans nicht so recht daran geglaubt, dass die beiden das ehrgeizige Ziel bei all den Ablenkungsmöglichkeiten erreichen würden. Doch da lag Siegerlands letzter Köhler kräftig daneben. Als im Januar schließlich die Zeugnisse auf dem Küchentisch lagen, blieb Hans nur die Wahl, entweder den Kindern ein Pferd zu kaufen oder ihnen die Mitgliedschaft in einem Golfclub zu bezahlen. Nach einer kurzen Kostenrecherche atmete Hans erleichtert auf und meldete die beiden im Golfclub an. Was die Teenager dazu bewog, Golf spielen zu lernen, blieb den Eltern ein Geheimnis. Sarah sagte nur: »Golf ist cool.«

Unbedacht äußerte Tristan in diesem Zusammenhang, dass er das auch gerne mal ausprobieren würde. Nun ja, er hätte bedenken sollen, dass die Kinder mit ihm verwandt waren und Bemerkungen recht gut behalten konnten. Vor zwei Tagen stand Sarah schließlich in seinem Haus in Siegen und überreichte ihm glücklich eine Anmeldung zu einem Schnupperkurs, den die beiden von ihrem Taschengeld bezahlt hatten. Zusammen mit Helga war er dann heute bei herrlichem Sommerwetter aufgebrochen. Zu allem Überfluss hatte Helga ihm auch noch diesen karierten Pullunder geschenkt, den er sofort überstreifen musste.

Tristan betrachtete befremdet sein Spiegelbild und sagte: »Du kennst doch den Spruch, den man gerne in Anwesenheit von Golfern sagt?«

»Nein«, meinte Helga und lächelte ihren Freund an.

»Nun ja, er lautet: Spielst du schon Golf oder hast du noch Sex?«

3

Über Sex konnte sich Theo nicht beklagen, ganz und gar nicht. Was ihm in diesem Moment, einen knappen Kilometer von Tristan und Helga entfernt, mehr Sorgen machte, war die Tatsache, dass sein Ball nach dem zweiten Schlag mitten in einem Sandbunker gelandet war. Was für Kleinkinder ein Paradies hätte sein können, stellte sich für den ambitionierten Golfer als eine kniffelige Herausforderung dar. Der Sandbunker – oder kurz: Bunker – gehört zu einer Reihe von Hindernissen, in denen der Ball nach strengen Regeln gespielt werden muss. So darf der Schläger vor dem Schlag den Sand nicht berühren. Probeschläge sind verboten und der Ball muss gespielt werden, wie er liegt. Was in Theos Fall die Lage noch verschlimmerte. Sein Ball hatte sich zur Hälfte in den Sand eingegraben und lugte wie das Gelb eines Spiegeleis aus der sandfarbenen Masse hervor.

»So eine Scheiße!« fluchte er und betrachtete den Bunker, als könnte er mit mentalen Kräften die Situation entschärfen.

»Das *Par** ist hin«, knurrte er und griff nach einem Schläger mit einem besonders flachen Schlägerkopf.

Dann stampfte er in den Sandbunker und drosch den Ball regelrecht heraus. Trotz des voluminösen Schlages flog der Ball gerade soeben über die Bunkerkante und hoppelte noch einige Meter die Spielbahn hinunter.

»Drei«, zischte er und sah sich nach einem Rechen um.

Eine der wichtigsten Regeln im Golfsport lautet: Rücksicht auf andere Spieler zu nehmen. Dazu ge-

---

* Par (engl. Nennwert): Die für ein Loch festgelegte Anzahl von Schlägen; Par 3 – drei Schläge usw.

hört es auch, die Bahnen in einem Zustand zu hinterlassen, der es einem nachfolgenden Spieler ermöglicht, nach den offiziellen Regeln spielen zu können. Ein durchgewühlter Sandbunker könnte für den nächsten Golfspieler die Hölle werden.

Theo gehörte nicht zu den Menschen, die im wahren Leben Rücksicht auf seine Mitmenschen nahmen, deshalb kratzte er missmutig ein paar Mal durch den Sand, bis die schlimmsten Spuren beseitigt waren. Anschließend säuberte er seine Schuhe und den Schläger. Vor ihm lag 150 Meter entfernt und durch einen großen Teich geschützt das 12. Grün. Er konnte deutlich die Fahne erkennen, die schlaff am Fahnenstock herunterhing. Das Gelände fiel leicht zum Grün ab, sodass er bergab spielen musste. Theo griff einen langen Schläger mit Eisenkopf und versuchte das Grün direkt anzuspielen. Wieder holte er kräftig aus, als hielte er ein Schwert in seinen Händen, und zielte auf den Ball. Er traf ihn mit voller Wucht, doch leider nicht in der Mitte des Schlägerkopfes. So schoss die weiße Kugel zwar mit hoher Geschwindigkeit Richtung Grün, doch der Golfball gewann nicht an Höhe, womit ihm letztlich die Weite fehlte. Kurz vor dem Teich schmierte der Ball ab und landete auf einer kleinen Böschung.

»So ein Mist!« zischte Theo und steckte wütend den Eisenschläger in seine Golftasche. »Hoffentlich ist er nicht ins Wasser gerollt.«

Um Theos miese Stimmung zu verstehen, muss man wissen, dass die 12. Spielbahn ein

Par 5 war. Das bedeutete, dass man mit fünf Schlägen den Ball einlochen musste, um die vorgegebene Schlagzahl zu erreichen. Brauchte man einen Schlag weniger, dann lag man *einen Schlag unter*, benötigte man einen Schlag mehr, dann lag man *einen Schlag über*. Lochte man mit genau fünf Schlägen ein, dann lag man *par*.

Da in vergangenen Zeiten ausschließlich ältere Herren diesem Sport nachgingen, die einen mehr, die anderen weniger gebrechlich, und diese Herren es unfair fanden, wenn ein Jüngerer sie vom Platz fegte, waren vor Dekaden ein paar Schlaue auf die Idee gekommen, das Handicap einzuführen. Mit dem Handicap schaffte man sozusagen Waffengleichstand, und Alt und Jung, sportliche oder weniger sportliche Spieler konnten nun gegeneinander antreten, ohne von einem stärkeren Spieler, wie zum Beispiel beim Tennis, über den Platz gejagt zu werden. Allerdings fand die Handicap-Regelung nur bei Amateuren ihre Anwendung. Bei den Profis und bei ausgewählten Amateurturnieren spielte das Handicap in der Wertung keine Rolle.

Theo stand mit seinem momentanen Handicap von -10 in der Clubstatistik ganz weit vorne. Darauf war er mächtig stolz und trainierte deshalb fleißig, um diese Position zu verteidigen. Er durfte zehn Schläge mehr auf einer Runde spielen, als der Platz mit 72 Schlägen vorsah, und lag dann, dank des Handicaps, immer noch am Ende *par*. Bis zum Loch 12 hatte Theo allerdings seine zehn

Schläge schon verspielt. Er würde jetzt *über par* gehen, was ihm nicht gefiel.

Mürrisch schlich er dem Teich entgegen.

4

Pro Colin McDonald besaß das Erscheinungsbild eines James-Bond-Darstellers. Strahlend blaue Augen, dichtes, dunkles Haar, einen durchtrainierten Körper und eine gesunde Hautbräune sowie ein freundliches, herzliches Wesen, das ihn besonders bei den Frauen sehr beliebt machte. Als professioneller Golflehrer, kurze Berufsbezeichnung *Pro* oder auch *Head-Pro,* wenn er der Leitende Golflehrer im Club war, unterrichtete er mit Geduld und innerer Ruhe, manchmal mit sehr viel innerer Ruhe, all jene, die sich in den Kopf gesetzt hatten, einen kleinen, weißen Ball über eine gemähte Wiese zu prügeln, auch dann noch, wenn die betreffenden Schülerinnen und Schüler ihre Rente besser in Rheumadecken investiert hätten. Neben Golfanfängern trainierte er fortgeschrittene Golfspielerinnen und Spieler, die 1. Mannschaft des Clubs sowie mit Begeisterung eine Horde Kids und Teenager, zu denen auch Tristans Nichte und Neffe gehörten. Wie bereits erwähnt, hatte der Detektiv diesen beiden das bevorstehende Training zu verdanken. Was er allerdings nicht wusste: Sarah und Sebastian hatten ihm einen Solo-Schnupperkurs geschenkt.

Normalerweise trafen sich mindestens sechs Interessierte zu einem solchen Kurs, doch die beiden ahnten, dass Tristan, als berühmter Detektiv, dann ständig mit Fragen malträtiert worden wäre, was ihrem Onkel den Spaß vollends verdorben hätte.

So erklärte sich Pro Colin bereit, eine Ausnahme zu machen und Tristan Irle exklusiv zu unterrichten.

Mit einem Haufen Schläger bewaffnet trat er nun in die Abschlagbox und begrüßte den um mehr als einen Kopf kleineren Mann.

»Hallo, Sie müssen Tristan Irle sein«, sagte er mit leichtem Akzent und reichte ihm die Hand. »Colin McDonald.«

»Tristan Irle«, erwiderte der Detektiv und stellte Helga vor.

»Angenehm, Sie kennenzulernen«, lächelte er Helga zu.

»Ganz meinerseits«, strahlte sie.

»Und«, Colin stellte die Schläger gegen die Holzwand der Box, »sind Sie bereit?«

»Wird wohl nicht so schwierig werden«, antwortete der Detektiv zuversichtlich.

»Nun ja, mal sehen«, meinte Colin freundlich.

»Dann werde ich euch jetzt mal verlassen«, sagte Helga. »War nett, Sie kennenzulernen.« Sie verabschiedete sich von Colin und zwinkerte Tristan zu. »Wir sehen uns dann im Clubhaus.«

»Eine interessante Frau«, grinste Colin, als Helga die Box verlassen hatte.

»Ja, das ist sie«, meinte Tristan und seine lindgrünen Augen fixierten den Golflehrer.

Der Blick hätte in einem Zweikampf einen erfahrenen Kämpfer sofort gewarnt. So unscheinbar der Detektiv in mittleren Jahren und in diesem karierten Strickpullunder auch dastand, seine wachen Augen strahlten in diesem Moment eine Entschlossenheit aus, die viel mit einer kontrollierten Kernschmelze gemein hatte. Der Mann scheute vor keiner direkten und, wenn nötig, auch handgreiflichen Konfrontation zurück. Dass Tristan Irle ein ausgezeichneter Aikido-Kämpfer war und wöchentlich trainierte, sei hier nur am Rande erwähnt. Der Pro entfachte etwas bei seinen Artgenossen, was man klischeehaft als Trainer-Syndrom bezeichnen konnte. Oder anders ausgedrückt: Achtung, Männer, wenn ihr eure Frauen zu ihm schickt.

Für einen kurzen Augenblick staunte Tristan über seine heftige Reaktion, dann lächelte er Colin freundlich an.

»Sind Sie bereit?« fragte der Pro ausgelassen. Er zeigte keinerlei Reaktion auf Tristans Blick, den er entweder perfekt kaschierte oder wirklich nicht mitbekommen hatte.

»Von mir aus können wir«, antwortete Tristan entspannt.

»Haben Sie sich schon mal mit Golf beschäftigt?« Colin wählte einen Schläger aus dem Haufen aus und reichte ihn Tristan.

»Ein wenig«, antwortete der Detektiv. »Im Wesentlichen geht es wohl darum, den Ball möglichst weit und gerade über die Wiese zu schlagen.«

»Nun ja«, nickte Colin. »Die Wiese nennen wir *Fairway**. Den Schläger, den Sie in der Hand halten, nennen wir ein siebener Eisen. Und Weite ist nicht das Wichtigste.«

Tristan nickte.

Dann erklärte Colin ihm in groben Zügen, worauf beim Schlagen zu achten sei. Der menschliche Körper sollte mit dem Schläger in ein stabiles Pendel verwandelt werden. Gelänge dies beim Schlag, dann würde der Ball – dank einfacher physikalischer Regeln – davonfliegen, als wäre er mit einer Kanone abgeschossen worden.

Der Pro machte es Tristan ein paar Mal vor, dann bat er den Detektiv, es ihm gleichzutun.

Tristan runzelte kurz die Stirn, stellte sich neben einen Ball, den ihm Colin auf eine grüne Übungsmatte gelegt hatte, und setzte zum Schwung an.

Mit ganzer Kraft schlug er in Richtung Ball, verfehlte ihn um eine Handbreite und wäre fast von der Fliehkraft des zurückschwingenden Schlägers umgefallen.

»Nun ja, so sollte man es nicht machen«, kommentierte Colin trocken und legte einen zweiten Ball auf die Matte.

---

* Fairway: Die gemähte Fläche zwischen Abschlag, Grün und Rough.

5

Am Ufer des Wasserhindernisses, wie der Teich golftechnisch genannt wurde, wuchsen ein paar Ginsterbüsche. Man hatte sie an die hohe Böschung gepflanzt, die von der Spielbahn hinabführte. Auf der anderen Seite lag das Grün mit einem schmalen Uferstreifen. Das Wasser glitzerte in der Abendsonne, und ein paar Libellen jagten über die Wasseroberfläche, als Theo das Hindernis erreichte. In der Ferne kreischte eine Motorsäge auf. Theo blickte in die Richtung, aus der der Lärm drang.

Am anderen Ende des Tals, das jetzt im Schatten versank, sah er einige orangefarben gekleidete Menschen in den Wald verschwinden. Genervt schüttelte er den Kopf. Für körperliche Arbeit hatte er noch nie Verständnis aufbringen können.

»Hauberg! Arme Trottel«, giftete er und stellte seinen Trolley neben einen kniehohen gelben Pfosten.

Diese Pfosten markierten rund um den Teich das Wasserhindernis. Landete ein Ball hinter diesen gelben Pfosten, lag er im Hindernis. Theo hoffte, dass der Ball an einer Stelle liegen geblieben war, von wo aus er ihn weiterspielen konnte. Erlaubt war das, selbst ein versenkter Ball wäre regelgerecht vom Grund des Teiches spielbar, wenn der Golfspieler eine Taucherausrüstung mit sich führen würde.

Üblicherweise jedoch war es unmöglich, den Ball ordentlich aus dem Hindernis spielen zu können, wenn man ihn überhaupt fand. Doch wie heißt es so schön: Die Hoffnung stirbt zuletzt – und so stieg Theo vorsichtig die steile Böschung hinunter.

Man hatte zwischen den Ginsterbüschen eimergroße Steinbrocken angelegt, die das Erdreich daran hindern sollten, in den Teich zu rutschen. Teilweise waren die Steinbrocken mit feinem Moos bewachsen, auf dem man schnell ausrutschen konnte. Theo balancierte sein Gewicht auf den Steinbrocken geschickt aus und sah dabei auf den Boden, doch sein Ball war zwischen den Moosflechten und Ginsterbüschen verschwunden.

»Das wird wohl nichts mehr«, hörte er plötzlich jemanden sagen.

Vorsichtig drehte sich Theo auf einem Bein herum.

Auf dem Grün gegenüber stand eine Gestalt im typischen Golfoutfit. Außer einem kurzen T-förmig gebauten Putter hielt sie nichts in der Hand.

»Der Ball ist verloren. Plumpste ins Wasser«, grinste die Gestalt höhnisch. »Aber dir fällt bestimmt eine Lösung ein. Im Falschspielen bist du ja ganz groß.«

Theo schüttelte den Kopf und wandte sich wieder der Ballsuche zu.

Das hätte er nicht tun dürfen.

So konnte er nicht sehen, wie ein harter Golfball plötzlich über den Teich schoss und Theo am Hinterkopf traf. Ohnmächtig sackte er zusammen und schlug mit der Schläfe auf einen der großen Steinbrocken auf.

»*Fore**«, zischte die Gestalt und schlich zum nächsten Abschlag.

6

Unterdessen war Tristan ins Schwitzen gekommen. Durch seine körperliche Fitness und eine gute Hand-Körper-Koordination gelang es ihm bereits nach ein paar Übungsschlägen, den Ball zu treffen, doch die Dinger flogen überall hin, nur nicht dahin, wo Tristan sie haben wollte. Die kleinen, weißen Bällchen erwiesen sich als beseelte Teufelchen. Das ließ sich der Detektiv nicht gefallen.

Colin sah seinem neuen Schüler entspannt zu. Am Anfang war er sich nicht sicher, ob dieser leicht untersetzte, mittelgroße Mann überhaupt für den Sport geeignet schien. Als kein Zweifel mehr an seiner körperlichen Fitness bestand, gewann Colin Hoffnung. Wenn jetzt der Golfvirus

---

* Fore; die Kurzform von beware before (Achtung, da vorn!): Warnruf, wenn der Ball jemanden treffen könnte. – Also Kopf einziehen, sollten Sie jemals auf einem Golfplatz diesen Ruf hören.

zuschlagen würde, bestand eine Fifty-fifty-Chance, ihn für den Golfsport zu gewinnen. Und alles an Tristans Körperverhalten deutete darauf hin, dass ihn der Ehrgeiz gepackt hatte, die Schlagtechnik erlernen zu wollen.

»Sie dürfen das Handgelenk nicht eindrehen«, sagte Colin und zeigte Tristan, was er beim Schlagen falsch machte. »So, versuchen Sie es nochmals.«

Tristan stellte sich in Position, als plötzlich ein lauter Frauenschrei durch das Tal kreischte.

Colin verließ augenblicklich die Abschlagbox. Tristan folgte ihm.

»Woher kam der Schrei?« Doch Tristans Frage beantwortete sich von selbst.

Dieselbe Frauenstimme rief jetzt um Hilfe.

»Das kommt von der 12«, stieß Colin aus und rannte los.

Tristan folgte dem weitaus längeren Mann. Sie rannten durch eine ungemähte Wiese auf den 13. Abschlag zu, der unweit der *Driving-Range** lag. Sie überquerten den Abschlag und liefen weiter zum 12. Loch.

»Hierher!« rief eine junge Frau, die neben Theo an der Böschung kniete, »rufen Sie einen Krankenwagen!«

Colin griff augenblicklich zu seinem Handy, während Tristan um den Teich rannte und vorsichtig die Böschung hinuntereilte.

---

* Driving-Range: Übungsplatz auf dem Golfplatz.

»Er atmet nicht«, berichtete die junge Frau, sehr bemüht, die Beherrschung nicht zu verlieren.

Tristan legte vorsichtig seine Hand an Theos Hals. Dann sah er die offenen Augen des Golfspielers und wusste, dass jede Hilfe zu spät kam.

Gut 20 Kilometer entfernt hantierte ein schwergewichtiger Kommissar Werner Holzbaum mit seiner neuen Dienstwaffe, einer Walther P 99 DAO, herum.

»Wenn du nicht achtgibst«, meinte sein Chef, Hauptkommissar Norbert Pfeiffer, »dann verletzt du noch jemanden.«

Die beiden Kriminalpolizisten standen in der videogesteuerten Schießanlage der Kreispolizeibehörde des Kreises Siegen-Wittgenstein, um sich mit den neuen Waffen vertraut zu machen. Dabei hatte Pfeiffer mehr oder weniger erfolgreich den Austausch der Dienstwaffe hinausgezogen. Das neue Pistolenmodell, so stellte sich im alltäglichen Gebrauch heraus, besaß ein paar unangenehme Eigenschaften.

Vor ein paar Jahren begann die Polizeibehörde Nordrhein-Westfalens das neue Modell Walther P 99 DAO einzuführen. Diese neue Pistole besaß keinen sichtbaren Hahn. Ein Pistolenduell, bei dem die Kontrahenten cool den Hahn spannten und dann schossen, gab es mit der neuen Waffe nicht. Darüber hinaus hatten die Konstrukteure von Walther darauf verzichtet, einen manuellen Sicherungshebel einzubauen. Zwar gab es eine automatische Sicherung und den sogenannten Anti-Stress-Abzug – als ob Pfeiffer den gebrauchen konnte –, aber das alles hatte mit der alten Dienstwaffe so viel gemein wie ein VW-Käfer mit Pfeiffers jetzigem Dienstfahrzeug. Der Umgang mit der neuen Waffe – das mussten die Kommissare feststellen – erforderte einen gewissen Trainingsstand.

Daran hatte Pfeiffer nichts auszusetzen. Nach seiner Meinung benutzte er die Pistole sowieso viel zu wenig. Aber als er das erste Mal bei einem Kollegen die neue Waffe gesehen hatte, die keinen sichtbaren Hahn mehr besaß, wurde ihm mulmig. Man konnte nicht mehr erkennen, ob die Waffe scharf war. Nur ein kleiner Bolzen zeigte dies an.

Mit der neuen Waffe musste ein neues Holster getragen werden. Das war um ein Vielfaches größer als die alten, und je nachdem, in welchen Dienstwagen man sich setzte, konnte man sich nicht mehr anschnallen.

Alles Dinge, auf die Pfeiffer gut verzichten konnte. Doch letztlich hatte es ihn und seinen Partner doch erwischt.

»Das Ding ist unheimlich schnell«, bemerkte Holzbaum verschwitzt. Vorsichtig steckte er seine Dienstwaffe ins Holster.

»Man muss sie nicht mehr spannen«, erklärte Pfeiffer und hielt die P 99 locker in der Hand.

»Was heißt eigentlich dieses DAO in der Typenbezeichnung?« Holzbaum nahm seinen Ohrenschutz ab und wischte sich den Schweiß mit einem Handtuch aus dem Gesicht.

Pfeiffer steckte seine Pistole ins Holster und stellte sich breitbeinig in Position. Er spielte Billy the Kid und ballerte auf das Ziel.

»*Double Action Only*«, antwortete Pfeiffer laut, nachdem er ein halbes Magazin in erschreckender Geschwindigkeit verballert hatte.

Neugierig betrachteten er und Holzbaum das Schussergebnis.

Man konnte über Pfeiffer sagen was man wollte: Wenn er mit einer Pistole auf etwas zielte, dann traf er ins Schwarze. Das sah allerdings bei seinen Gedankenblitzen ganz anders aus.

»Jetzt weiß ich, warum James Bond die P 99 als Dienstwaffe benutzt«, grinste Pfeiffer.

Plötzlich gab ein Telefon, das neben der Video-Steuerungsanlage stand, einen erstaunlichen Lärm von sich.

»Pfeiffer!« brüllte er in den Hörer. Der Hauptkommissar trainierte ohne Ohrenschutz, der seiner Meinung nach etwas für Weicheier war. Sein Trommelfell sah das etwas anders und strafte ihn, indem es einfach für eine Weile den Dienst einstellte.

»Wer spricht da!« brüllte er in den Hörer, doch er verstand immer noch nichts.

Holzbaum nahm ihm den Hörer freundlich aus der Hand.

Der Hauptkommissar massierte sich die Ohren, während Holzbaum scheinbar lautlos seine Lippen bewegte.

Der Kommissar legte auf.

»Was gibt's?« fragte Pfeiffer so laut, dass man das noch einen Stock höher hätte verstehen können, wären die Wände nicht schallisoliert.

Holzbaum antwortete, doch Pfeiffer schüttelte den Kopf.

Der Kommissar zückte sein Notizbuch und schrieb: Leiche, Golfplatz, wir müssen los!

7

Präsident Julius Donnerscheid konnte es nicht fassen. Der hochgewachsene Mann stand auf dem 12. Grün und starrte über den Teich auf eine blaue Plane, die man über das dahingeschiedene Clubmitglied gelegt hatte. Julius besaß normalerweise die Fähigkeit, selbst in der unangenehmsten Situation noch wie ein Gentleman zu wirken, doch eine Leiche im Wasserhindernis kratzte kräftig an dieser Eigenschaft.

»Wie konnte so ein schrecklicher Unfall nur passieren?« murmelte er leise.

»Er ist auf den glitschigen Steinen ausgerutscht«, meinte Anfred Vetter, Spielführer des Clubs. Seine untersetzte Gestalt warf einen breiten Schatten auf das Grün.

»Jedenfalls«, fügte Marek Sänger, ein durchtrainierter Mittvierziger mit leicht graumelierten Haaren, hinzu, »hat er dieses Par nicht mehr spielen können.«

Präsident und Spielführer nickten vielsagend.

Colin und Tristan standen neben den Herren, während die Clubsekretärin Frau Vogelberg sich um Tamara Ortmann kümmerte, die den toten Theo gefunden hatte.

»Müssen wir ihn so liegen lassen?« fragte der Präsident und sah auf Tristan hinab, als wäre der Detektiv an der ganzen Peinlichkeit Schuld.

»Bis die Polizei den Tatort gesichtet hat, ja«, antwortete Tristan gelassen.

»Tatort?« staunte Anfred und schüttelte den Kopf. »Wohl eher ein Unfallort.«

Tristan reagierte nicht. Er wandte sich von der kleinen Gruppe ab und zauberte aus seiner Hosentasche ein Etui, in dem eine Pfeife und Tabak Platz fanden. Geschickt begann er die Pfeife zu stopfen. Sein siebter Sinn warnte ihn. Das Gefühl wurde durch einen Umstand bestärkt, den er den anderen noch nicht mitgeteilt hatte.

Nachdem er Theos Tod festgestellt und der Pro Tamara beiseite geführt hatte, untersuchte er die Leiche genauer. Auf den ersten Blick sah es nach einem bedauerlichen Unfall aus, doch Tristan war ein zu guter Detektiv, um sich mit dem ersten Blick zufriedenzugeben. Er hatte sich Theos Kopf eingehender angesehen und eine kleine Platzwunde am Hinterkopf festgestellt. Durch den schnellen Tod war nur wenig Blut aus der Wunde ausgetreten und deshalb war sie nicht sofort erkennbar gewesen. Doch für Tristan war klar, dass diese Wunde nicht durch einen Sturz herbeigeführt worden war. Irgendetwas hatte den Mann am Hinterkopf getroffen und dürfte letztendlich für den Sturz verantwortlich gewesen sein. Deshalb hatte er darauf bestanden, auch die Polizei zu benachrichtigen.

Die erschien nun in Form mehrerer Streifenpolizisten und zweier Männer in Zivil.

»Irle, Sie hier!« brüllte Pfeiffer, dessen Trommelfelle langsam wieder ihrer Funktion nachkamen.

»Guten Abend, Herr Pfeiffer«, erwiderte Tristan freundlich und um ein paar Dezibel leiser.

»Na, so schön ist der Abend nun auch wieder nicht«, dröhnte der Hauptkommissar, dass man ihn noch auf der Clubterrasse verstehen konnte.

Die anderen sahen sich pikiert nach dem lärmenden Mann mit Nickelbrille um. Lärm war auf einem Golfplatz so willkommen wie etwa in einem Kammerkonzert.

»Er hört momentan schlecht«, erklärte Holzbaum und stellte sich und Pfeiffer den anderen vor.

»Was haben wir denn?« fragte Pfeiffer schon etwas leiser und nahm Tristan zur Seite.

»Sehen Sie es sich besser selbst an«, antwortete Tristan.

Er nahm seine Pfeife aus dem Mund, löschte die Glut mit einem Pfeifenstopfer und steckte sie in das Etui zurück, dann führte er die beiden Kriminalbeamten zum Tatort.

»Dieses Pfeifen«, beschwerte sich Pfeiffer, während er Tristan um den Teich herum folgte, »macht einen wahnsinnig.«

»Du hättest den Ohrschützer tragen sollen«, sagte Holzbaum trocken und erklärte Tristan, wie es zu diesem Pfeifen in Pfeiffers Trommelfellen gekommen war.

Tristan schüttelte den Kopf und schritt voran.

»Seit wann spielen Sie denn Golf?« fragte der Hauptkommissar in einer Lautstärke, die hoffen ließ.

»Spielen kann man das nicht nennen«, antwortete Tristan, »ich habe einen Schnupperkurs von Sarah und Sebastian geschenkt bekommen.«

»Und da sind Sie dann mal zum Golfplatz gefahren und schon haben wir eine Leiche«, maulte Pfeiffer. »Sie haben ein schlechtes Karma, Herr Irle.«

»Ich habe überhaupt kein Karma«, grinste Tristan. »Höchstens Rückenschmerzen bei dem ganzen Gedrehe mit den Golfschlägern.«

Pfeiffer blieb plötzlich stehen und lächelte, als hätte er eine Eingebung.

»Wenn Sie jetzt Golf spielen«, versuchte er zu flüstern, »dann haben Sie wohl keinen Sex mehr, was?!«

Auf dem Grün schüttelten die Herren den Kopf.

»Bin ich immer noch zu laut?« fragte Pfeiffer seinen Kollegen.

Holzbaum nickte.

Tristan stieg bereits die Böschung hinunter.

Die beiden Polizisten folgten ihm.

»Gefährlich glatt hier«, schnaufte Holzbaum,

der sein Gewicht vorsichtig die steile Böschung hinunterbalancierte.

»Das sieht hier alles nach einem Unfall aus«, brummte Pfeiffer, »deshalb hätten wir nicht zu kommen brauchen.«

»Warten Sie ab«, sagte Tristan und entfernte die Plane nur so weit, dass sie den Kopf der Leiche betrachten konnten.

Der Detektiv deutete auf die Platzwunde am Hinterkopf. Dann teilte er seine Vermutung den Beamten mit.

Pfeiffer hörte sich Tristans Schlussfolgerung an. Er konnte sie sogar verstehen, und dies nicht allein in akustischer Hinsicht, da sein Trommelfell wieder vollends in Betrieb war. Nein, auch mental ergaben für Hauptkommissar Pfeiffer Tristans Argumente einen Sinn. Die Wunde sah tatsächlich so aus, als hätte ein Gegenstand den Kopf des Mannes getroffen. Und während Tristan keinerlei Äußerungen zu diesem Gegenstand machte, war es für Pfeiffer schnell klar, um was es sich bei diesem Gegenstand handeln musste: um einen kleinen, harten, weißen Golfball. Genaueres würde die Obduktion feststellen.

Aber schließlich waren sie ja auf einem Golfplatz, da flogen üblicherweise Golfbälle herum. Es war für Pfeiffer daher nicht auszuschließen, dass sich so ein teuflisches Geschoss mal verirren konnte.

Schon ein Blick auf die Clubterrasse hatte ihm verraten, dass hier die Wahrscheinlichkeit, Menschen mit Grauem Star anzutreffen, überdurchschnittlich hoch sein würde. Ganz zu schweigen von der eingeschränkten Körperkoordination. Diese beiden Faktoren, gepaart mit einem langen Schläger, der einen Golfball mit über hundert Sachen in den Himmel katapultierte, sprachen eindeutig für einen Unfall.

Pfeiffer sah auf die Leiche, dann zu Tristan.

»Diese grüne Fläche mit den hübschen gelben Väschen auf dem Boden da hinten, hinter den Büschen, was ist das?« Pfeiffer deutete über das Grün hinaus.

»Oh, das dürfte der Abschlag zum 13. Loch sein«, antwortete Tristan verwirrt.

»Abschlag«, nickte Pfeiffer, als hätte er gerade das letzte Puzzleteilchen zur Lösung des Nahostkonflikts bekommen. »Da werden doch die Bälle abgeschlagen.«

Tristan nickte und ihm gefiel Pfeiffers Blick überhaupt nicht.

»Dann ist jetzt alles klar«, strahlte der Hauptkommissar.

»So«, fragte Holzbaum, dem Pfeiffers Gedankenwelt ein Rätsel blieb.

»Ja«, nickte der Hauptkommissar und kramte eine Schachtel Zigaretten aus seinem zerknitterten Jackett. »Irgendein Spieler, wahrscheinlich einer, der keinen Sex mehr hat«, diese Bemerkung konnte er sich einfach nicht verkneifen, »haut seinen Ball quer über die Büsche und trifft dabei diesen armen Kerl, der gerade dabei ist, nach seinem Ball zu suchen, am Hinterkopf. Der Typ am Abschlag kann gar nicht sehen, wohin sein Geschoss verschwunden ist. Wahrscheinlich schlägt er einen zweiten Ball und spielt seelenruhig sein Spiel zu Ende.«

»Aber wir haben keinen Golfball gefunden«, antwortete Tristan.

»Na, der wird wohl da in die Büsche gerollt sein«, antwortete Pfeiffer und zeigte auf den Tatort.

Verblüfft starrten ihn die beiden an.

»Ganz eindeutig ein Unfall«, nickte Pfeiffer und steckte sich eine Zigarette an. »Darauf hätten Sie aber auch kommen können, Herr Irle.«

8

Das Clubhaus, im Landhausstil erbaut, stand auf einer kleinen Anhöhe inmitten eines weitläufigen Tales. Mehrere alte Bergahornbäume warfen einen sanften Schatten auf die Clubhausterrasse, von der man einen herrlichen Blick über einen Teil des Platzes wie auch ins Tal genoss. Als vor mehr als einer Dekade der erste Golfclub im Siegerland gegründet wurde, hatten die Platzerbauer darauf geachtet, einen sportlichen 18-Loch-Platz anzulegen. Dies war in der Siegerländer Mittelgebirgslandschaft nicht weiter schwierig, da die natürliche Umgebung des Tales alles mitbrachte, was die Planer benötigten.

Spötter behaupteten zwar gerne, dass der einzige Ort, an dem man auf dem Golfplatz gerade stehen konnte, der Platz an der Theke sei, aber das sah man im Club sportlich. Schließlich war die überwiegende Mehrzahl der Mitglieder diesem Club wegen der sportlichen Herausforderung beigetreten. Außerdem war man stolz darauf, dass selbst das Fahren mit den niedlichen Golfcars einer gewissen Geschicklichkeit bedurfte, wollte man mit dem Gefährt nicht umkippen.

Was den Golfplatz jedoch gegenüber den vier anderen Plätzen der Umgebung auszeichnete, war die gelungene Kursaufteilung. Von der Clubterrasse aus konnte man bequem zum ersten Abschlag, auf das 9. sowie auf das 18. Grün blicken. Je nachdem, wo man sich auf der Terrasse aufhielt, hatte man zudem noch das 13. Grün und den Abschlag der 14. Spielbahn im Blick.

Wie bei den großen Turnierplätzen der Welt bot diese Aufteilung Spielern und Zuschauern einen ausgezeichneten Komfort. Zudem erlaubte diese Kursführung, halbe und dreiviertel Runden zu gehen. Ein bestechender Vorteil, wenn man weiß, dass eine zügig gespielte volle Runde schon einmal über vier Stunden dauern kann.

An diesem Donnerstagabend spürte man eine Spannung unter den Teilnehmern der anstehenden Meisterschaft, wie sie überall auf der Welt vor wichtigen Turnieren zu finden ist. Die Nachricht des tödlichen Unfalles sorgte auf der Clubterrasse für zusätzliche Aufregung. Es wurde schon diskutiert, ob wegen des bedauerlichen Unfalls die Meisterschaft ausfallen würde, als der Präsident zusammen mit den Kriminalbeamten, Tristan und Tamara die Terrasse betraten. Frau Vogelberg und der Unternehmer Marek Sänger verschwanden im Restaurant.

Erstaunlicherweise hatten die Mitglieder und Gäste erst mit dem Auftauchen der vielen Polizisten mitbekommen, dass etwas Schreckliches am Wasserhindernis passiert sei. Doch die Polizei hatte da bereits großflächig den Tatort abgesperrt. Als nun der Präsident erschien, wurde er gleich von mehreren Mitgliedern bedrängt, über den Vorfall am Wasserhindernis zu berichten. Julius bahnte sich einen Weg zur Mitte der Terrasse und verschaffte sich Gehör.

»Das hier ist Hauptkommissar Pfeiffer«, begann er und deutete auf den Polizisten. »Er hat einige Fragen an euch, wenn ihr so nett wäret, diese gewissenhaft zu beantworten.«

»Was ist denn eigentlich geschehen?« rief ein älterer Spieler.

»Dazu wird jetzt Herr Pfeiffer etwas sagen, Herbert«, antwortete Julius souverän, dann nickte er Pfeiffer zu.

Der Hauptkommissar blickte in die Runde und begann, den Anwesenden seine Theorie mitzuteilen.

Unterdessen setzte sich Tristan zu Helga, die allein an einem Tisch etwas abseits der anderen saß.

»Das glaube ich jetzt nicht«, flüsterte sie Tristan zu. »Das hier ist ein so friedlicher Ort.«

Tristan zuckte mit den Schultern und verfolgte nachdenklich, wie Pfeiffer sein Bestes gab.

Helga führte eine kleine Pension mit Restaurantbetrieb auf der Ginsberger Heide. Sie war jetzt einige Jahre mit dem Privatdetektiv liiert und hatte durch Tristans Arbeit bereits die schwedische Königin, Fürsten und Grafen aus der Region sowie zahlreiche vermögende wie weniger vermögende Menschen kennengelernt. Als sie jetzt ihrem Freund ins Gesicht blickte, gefiel ihr überhaupt nicht, was sie dort sah.

»Du hast Zweifel an Pfeiffers Theorie«, sagte sie leise, »das sieht man dir an.«

»Ich weiß nicht«, antwortete Tristan nachdenklich, »mein Gefühl sagt mir, hier stimmt etwas nicht, aber der Präsident, der Spielführer und auch der Pro meinen, dass sich der Unfall so abgespielt haben könnte, wie Pfeiffer ihn darstellt.«

»Dann solltest du dir darum keine Gedanken mehr machen«, sagte Helga entschieden, »schließlich sollte das hier ein entspannter Ausflug werden.«

»Wenn das so einfach wäre«, seufzte der Detektiv.

Mittlerweile war es auf der Terrasse so leise geworden, dass man in der Ferne das Abschlagen eines Balles hörte. Pfeiffer beendete seine Ausführung und sagte zum Schluss: »Es wäre jetzt sehr hilfreich, wenn Sie uns ein paar Fragen beantworten könnten. Da wir davon ausgehen, dass die Person, die wir suchen, vielleicht gar nicht mitbekommen hat, was sozusagen nebenan passiert ist, möchten wir Sie bitten uns zu helfen. Wir suchen jemanden, der vor mehr als einer Stunde da unten ...«

»Das ist die 13«, rief ein älterer Mann.

»... also da unten auf der 13«, lächelte Pfeiffer ein klein wenig gequält, »seinen Ball abgeschlagen hat.«

»Also ich war da auf der Neun«, brummte der gleiche ältere Mann laut.

Das nahmen die anderen als Anlass, ebenfalls Zahlen in die Runde zu werfen.

»Nicht alle durcheinander«, stöhnte Pfeiffer. »Wir gehen der Reihe nach vor.«

Unterdessen erschien vor dem Clubhaus ein Leichenwagen, und zwei Männer in schwarzen Anzügen stiegen aus.

Tristan sah die beiden auf die Terrasse zugehen und stand auf.

»Ich zeige denen den Weg«, sagte er zu Helga. »Ich muss sowieso noch meine Sachen von der Driving-Range holen.«

»Soll ich mitgehen?« fragte sie besorgt.

»Nein«, antwortete der Detektiv.

Helga nickte und meinte: »Bis gleich.«

9

Pro Colin verfolgte aufmerksam, wie ein Polizist der Spurensicherung mit einer weißen Farbsprühdose die Konturen entlang der Leiche markierte.

»Ich dachte«, sagte er nachdenklich, »das würden die nur im Fernsehkrimi machen.«

Neben ihm stand Anfred Vetter, der Spielführer des Clubs, und grinste Colin an.

»Jedenfalls hat es dieses Mal keinen Unschuldigen getroffen.«

»Dieses Mal?« staunte Colin. »Hat es denn schon einmal *einen* getroffen?«

Anfred, von Beruf Deutschlehrer, schüttelte verärgert den Kopf. Normalerweise korrigierte er seine Mitmenschen.

»Du weißt schon, wie ich das meine«, nuschelte er und blickte den hochgewachsenen Golflehrer an.

»Sorry«, meinte Colin und schüttelte nun seinerseits den Kopf, »dieses Mal nicht.«

»Der Typ hat doch jede Gelegenheit genutzt, um zu betrügen«, knurrte Anfred.

»Beweisen konntest du ihm das aber nie«, antwortete Colin und nahm plötzlich seine Baseballmütze ab.

»Was ist denn nun?«

Colin deutete auf zwei Herren im schwarzen Anzug, die einen Sarg über die Spielbahn zur Leiche trugen.

Anfred zuckte nur mit den Schultern.

»Nun ja, früher war Golf der Sport des Gentleman«, sagte Colin mit ruhiger Stimme, während die Herren den Leichnam vorsichtig bargen und in den Sarg legten. »Theo mag nicht unbedingt wie ein solcher gespielt und gelebt haben, aber es gebührt ihm ein gewisser Respekt.«

»Wenn du meinst«, sagte Anfred kalt und fügte leise hinzu, als der Sargdeckel geschlossen wurde: »Ich bin froh, dass wir diese Zecke los sind.«

Colin setzte seine Mütze wieder auf.

»Das war nicht nett von dir«, meinte er und wandte sich ab.

»Du weißt doch genau, was der Kerl hier oben angestellt hat«, zischte Anfred. »Also spiel jetzt nicht den Selbstgerechten.« Und fügte grinsend hinzu: »Wenn du verstanden hast, was ich meine.«

Colin ballte kurz die Faust, dann ließ er Anfred allein auf dem Grün zurück.

Keine zwanzig Meter entfernt stand Tristan auf dem benachbarten 13. Abschlag und blickte zum Wasserhindernis hinüber.

Pfeiffer lag richtig: Vom Abschlag aus konnte man weder den Teich noch die Böschung erkennen. Der Detektiv ging nun die Spielbahn hinauf zum 13. Grün. Nach ein paar Metern tat sich links eine Schneise auf, durch die man das 12. Grün, den Teich und die Böschung gut einsehen konnte.

Er beobachtete, wie Colin den Spielführer verließ und wartete auf den Pro, der auf ihn zukam.

»Das war kein schöner erster Tag auf dem Golfplatz für Sie«, sagte Colin mitfühlend, als er Tristan erreichte.

»Ich will mich nicht beklagen«, antwortete Tristan nachdenklich, »aber wenn es Sie etwas beruhigt: Ich bin solche Situationen gewöhnt.«

»Sie kennen sich als Detektiv mit Leichen aus?« Er wirkte überrascht.

»Nun ja«, ahmte er Colin nach, »ich habe das Glück, dank einer Erbschaft finanziell unabhängig zu sein. Dadurch bin ich nicht gezwungen, irgendwelchen Ehebrechern in dunklen Kaschemmen aufzulauern.«

Colin musterte ihn, dann fragte er: »Soll das bedeuten, dass Sie schon Morde aufgeklärt haben?«

»Ein paar sind es schon gewesen«, antwortete Tristan nicht ohne einen gewissen Stolz. »Aber das hier«, er deutete zu den beiden Herren, die gerade den Sarg hinauf zum Clubhaus trugen, »scheint ja ein Unfall gewesen zu sein.«

Colin nickte zögerlich. »Sie haben Ihre Sachen noch auf der Driving-Range. Lassen Sie uns rüber gehen.«

Die beiden Männer gingen über denselben Trampelpfad zurück, über den sie zuvor zum Teich geeilt waren. Auf dem Weg fragte Tristan: »Ist es eigentlich für einen Spieler normal, *nicht* nach seinem Ball zu sehen?«

»Nun ja, wenn man den Ball in die Büsche haut«, antwortete der Pro, »kann das schon mal vorkommen. Normalerweise suchen jedoch die

Spieler ihre Bälle. Besonders dann, wenn sie mit den teuren Golfbällen spielen.«

»Mich wundert es, dass der mysteriöse Golfspieler dies heute nicht getan hat«, sagte Tristan. »Zumal er den Teich sehr gut einsehen konnte.«

»Vielleicht hat er es getan«, antwortete Colin, »vielleicht hat er auch Theo dort liegen gesehen und Angst bekommen.«

Sie erreichten die Driving-Range. Tristan sammelte nachdenklich seine Sachen zusammen, während Colin die Schläger griff.

»Morgen können wir weitermachen«, sagte Colin und versuchte entspannt zu wirken. »Sie haben heute ja keine volle Unterrichtsstunde bekommen.«

»Gerne«, nickte Tristan. »Eine Frage habe ich noch. War dieser Theo beliebt?«

Colin stellte die Schläger nochmals ab.

»Nun ja«, zögerte er, »bei manchen Frauen schon.«

»Und bei den Männern?« hakte Tristan nach.

»Es gab ein paar Geschäfte«, erzählte Colin leise, »die haben ihm Feinde im Club gemacht.«

»Feinde, die bereit wären, einen Mord zu begehen?«

Colin griff erneut zu den Schlägern und nickte.

10

Erich Roth, Diakon der Marienkirche in Siegen, saß vor seinem Gotteshaus auf einer Bank und las in der Bibel. Das beruhigte ihn ein wenig, was in Anbetracht der vergangenen Stunde auch dringend nötig war. Neben dem immer in Schwarz gekleideten Mann plätscherte Wasser aus einer bronzenen stilisierten Blume und verteilte sich über deren kelchförmig gearbeitete Blätter in ein rundes Brunnenbecken. Der Brunnen stand am nördlichen Ende eines beschaulichen Hofes, der durch zahlreiche Fachwerkhäuser und das Kirchenschiff eingegrenzt war. Der kleine Hof lag friedlich in der anbrechenden Dämmerung, doch dieser Eindruck täuschte.

Erich sah auf seine Armbanduhr und wünschte sich seinen alten Freund Tristan Irle herbei.

Die beiden Männer verband eine jahrelange Freundschaft, die weder durch Erichs mehrjährige Missionsreise durch Schwarzafrika noch durch seine katholische Überzeugung gefährdet worden war. Sollte sein protestantischer Freund allerdings nicht bald auftauchen, dann würde er die Polizei anrufen. Zum ersten Mal machte sich Erich um seinen Freund Sorgen. Der Grund saß einige Meter entfernt in einem der jungen Kastanienbäume, die den Nebeneingang der Marienkirche flankierten. Ein schwarzer Kolkrabe lauerte dort und verfolgte jede Bewegung, die der Diakon machte.

Erich gehörte nicht zu der Sorte Gläubiger, die Dämonen und andere Teufelswesen für bare Münze hielten, dafür hatte er auf seinen Reisen viel zu viel erlebt. Das Böse trat nicht in Teufelsgestalt aus dem Schatten. Es waren Menschen, die aus Gier, Eifersucht und Sadismus Übel verbreiteten. Doch dieser Rabe ließ ihn zum ersten Mal in seinem Leben schaudern.

Vor knapp einer Stunde war der schwarze Vogel plötzlich im Kirchenschiff erschienen. Dort hatte der Diakon den Altar für die morgige Messe vorbereitet. Doch Erich war nicht allein gewesen. Wie so oft, wenn Tristan sein Haustier, einen weißen Kakadu, nicht mitnehmen konnte, achtete er auf ihn. Der Detektiv hatte den intelligenten Vogel als Jungtier von seinem damaligen Pfarrer geschenkt bekommen und ihm Zitate deutscher Dichter beigebracht, die der Kakadu gerne zu allen möglichen und unmöglichen Situationen zum Besten gab. Da Marlowe sich in der Kirche wie zu Hause fühlte, nahm Erich ihn gerne für ein paar Stunden unter seine Fittiche.

Als nun der Eindringling auftauchte, hatte Marlowe ihn noch vor Erich bemerkt. Sofort war Marlowe zu Erich geflogen, doch der Rabe hatte den weißen Kakadu im Flug angegriffen. Es folgte ein kurzer erbitterter Kampf, in dem Marlowe den Raben aus der Kirche vertrieben hatte. Unverletzt war er neben dem schockierten Diakon gelandet und brabbelte: »So die Welt. Vor Haß und Hader / Hat sie niemals noch geruht. /

Immerfort durch jede Ader / Tobt das alte Sünderblut.«

Zum ersten Mal in seinem Leben hatte Erich das Gefühl, einem bösen Omen begegnet zu sein. Marlowe hatte die Rauferei schnell weggesteckt und sich gleich neugierig den Hostien zugewandt, die Erich vor Schreck auf dem Altar hatte fallen lassen.

Der Kakadu befand sich noch in der Kirche, während Erich draußen auf der Bank in der Bibel las und auf den Detektiv wartete.

»Hoffentlich ist Tristan nichts geschehen«, murmelte er und griff zum wiederholten Male zu seinem Handy. Seit dem Vorfall hatte er versucht, Tristan oder Helga zu erreichen, doch jedes Mal sprang eine Mailbox an.

Er wollte es gerade ein weiteres Mal versuchen, als ein schmuckes Borgward Cabriolet in den Hof einbog.

»Na endlich«, stöhnte Erich erleichtert und stand auf.

Mit schnellen Schritten eilte er dem Oldtimer entgegen.

Das Paar war noch nicht ganz ausgestiegen, da rief Erich schon: »Zum Glück, euch ist nichts geschehen.«

Verdutzt starrte Tristan seinen zwei Meter großen Freund an.

»Erich, wie kommst du auf einen solchen Gedanken?«

»Oh«, stieß der Diakon verlegen aus, »das erkläre ich dir bei einem Glas Wein.«

»Gerne«, nickte Tristan, »wo ist Marlowe?«

»In der Kirche«, erklärte Erich verlegen.

Helga hörte den beiden Männern aufmerksam zu. Sie kannte Erich jetzt genauso lange wie ihren Freund. Die beiden waren praktisch wie zwei Brüder. Irgendwann im Laufe eines Tages trafen sie aufeinander. Zuerst dachte Helga, das läge daran, dass Erich nur zwei Häuser weiter wohnte. Doch mit der Zeit erkannte sie, dass die beiden sich auf geheimnisvolle Weise ergänzten. Ja, sie war sogar der Überzeugung, dass sie sich gegenseitig brauchten. Da es sich um eine Männer-Freundschaft handelte, würde keiner von ihnen je einen solchen Gedanken laut aussprechen. Männer waren Jäger, und wenn es hart auf hart zuging, dann stand jeder für sich seinen Mann – so waren sie nun mal, ob das Verhalten nun Sinn machte oder nicht. Helga war geschickt genug, um mit dieser männlichen Eigenschaft umzugehen. Was sie jedoch immer wieder erstaunte, war die Tatsache, dass das männliche Geschlecht in manchen Situationen blind war für das Offensichtliche. Sie hatte sofort erkannt, dass Erich aus irgendeinem Grund zutiefst aufgewühlt war und dies zu verbergen suchte.

So begrüßte sie Erich intuitiv mit einer Umarmung, die der Diakon gerne erwiderte.

»Was ist wirklich geschehen?« fragte sie ihn leise, während Tristan bereits auf dem Weg in die Kirche war, um Marlowe abzuholen.

Erich blickte hinauf zum Kastanienbaum. Der Rabe war verschwunden.

»Das erzähle ich euch drinnen«, antwortete der Diakon erleichtert und deutete auf Tristans Haus.

Wenige Augenblicke später trat der Detektiv mit Marlowe auf der Schulter aus der Kirche.

Tristans Haus stand bereits in der Rubensstadt, als Jefferson die amerikanische Unabhängigkeitserklärung vorbereitete. Ein ehrwürdiges kleines Fachwerkhaus, das der Detektiv in liebevoller Heimarbeit restauriert hatte. Eines von vielen Häusern, die in den letzten Jahren in der Altstadt Siegens nach und nach wiederhergestellt worden waren. Vor dem Zweiten Weltkrieg bestand die gesamte Altstadt ausschließlich aus Fachwerkhäusern, doch der Krieg und danach die Stadtplanung hatten einen Großteil dieser Architektur vernichtet. Der idyllische Bereich rund um die Marienkirche war zum Glück verschont geblieben und strahlte nun ein ganz eigenes Flair aus.

Tristan öffnete seine Haustür, die aus alten Eichenbrettern bestand, die jeder Axt das Fürchten lehrten. Auf seiner Schulter saß Marlowe und wippte aufgeregt mit dem Kopf. Erich und Helga folgten den beiden in eine kleine Diele, von der man über eine enge, steile Treppe hinauf in den ersten Stock gelangte. Geradeaus ging es in das Wohnzimmer, links neben der Eingangstür lag das Badezimmer. Tristan ging ins Wohnzimmer, wo sich Marlowe von Tristans Schulter verabschiedete und zu einer Kletterstange flog, die neben einem runden Esstisch stand. An der gegenüberliegenden Wand war ein Kamin eingelassen. An der gesamten linken Wand ragten Bücherregale bis zur Decke, die von freigestellten Fachwerkbalken getragen wurden. Gegenüber der Bücherwand ließen zahlreiche Sprossenfenster Tageslicht in den an ein viktorianisches Studierzimmer erinnernden Raum.

Erich musste seinen Kopf einziehen, um nicht gegen die herausragenden Deckenbalken zu stoßen. Er setzte sich an den Esstisch, während Helga in die Küche eilte, die gleich neben dem Wohnzimmer lag.

»Möchte jemand einen Kaffee?« rief sie.

»Gerne«, antwortete Tristan und entledigte sich des karierten Strickpullunders.

»Schickes Teil«, meinte Erich.

»Findest du?« staunte Tristan. »So etwas trägt man auf einem Golfplatz.«

Erich nickte.

»Also, was ist hier in der Zwischenzeit passiert?« Tristan sah seinen Freund ernst über den Rand seiner Halbbrille an.

»Ich weiß nicht so recht«, begann der Diakon zögernd, »wie ich das erklären soll.«

Helga hatte die Kaffeemaschine gefüllt, angestellt und gesellte sich zu den beiden Freunden.

Schließlich berichtete Erich, was sich in der Kirche zugetragen hatte.

Tristan und Helga hörten aufmerksam zu, während Marlowe in seinem Fressnapf nach etwas Essbarem wühlte.

Als Erich mit dem Hinweis auf ein böses Omen endete, sahen sich die Freunde einen Augenblick sprachlos an.

Schließlich murmelte Tristan: »Das kann man wirklich ein böses Omen nennen. Auf dem Golfplatz gab es einen tödlichen Unfall.«

Erich wurde leichenblass, als ihm Tristans Worte bewusst wurden.

»Du solltest die Finger davon lassen«, stieß er aufgeregt aus.

»Bei einem Unfall braucht man nicht zu recherchieren«, erklärte Tristan.

»Aber du glaubst nicht an einen Unfall«, antwortete Erich.

»Pfeiffer tut es«, erwiderte der Detektiv.

»Das war noch nie ein Grund für dich, nicht etwas anderes zu glauben«, sagte Erich ernst.

»Wie du schon sagst, glauben«, meinte Tristan. »Wenn die Tat jedoch mit Absicht geschah, dann war es Mord. Aber dafür gibt es momentan keine Beweise.«

»Die wirst du finden«, Erich spielte nervös mit dem Saum seines schwarzen Hemdes, »sollte es Mord gewesen sein.«

2. Feiner Tau glitzerte …

Freitagmorgen

Feiner Tau glitzerte auf den Spielbahnen des Golfplatzes in der aufgehenden Sonne, als Tigram Busch seinen alten Fiat auf dem Parkplatz des Clubs abstellte. Der attraktive Endzwanziger hatte sich für den heutigen Tag freigenommen, um an der bevorstehenden „Offenen Clubmeisterschaft“ teilzunehmen. Tigram spielte leidenschaftlich gerne Golf und zählte zu den Favoriten, die den Titel gewinnen konnten. Vermögend war der studierte Ingenieur nicht. Als Angestellter in einem typischen Siegerländer Maschinenbauunternehmen konnte sich Tigram den Jahresbeitrag leisten, weil er hier und da etwas einsparte. Ihm gelang das problemlos, da er weder großen Wert auf ein schickes Auto legte noch Interesse an einem Winterurlaub hatte.

Seine Freunde verstanden gar nicht, warum man für das Vergnügen, ein paar weiße Bälle über eine Wiese schlagen zu dürfen, überhaupt Geld ausgab. Er hatte einmal versucht, ihnen das gute Gefühl zu beschreiben, wenn es gelang, den Ball in einer ästhetischen Kurve in den blauen Himmel zu jagen und er nach zweihundert Metern auf dem satten Grün liegen blieb. Aber sie hatten ihn nur mit einem blöden Grinsen angeschaut und nichts verstanden.

Wie sollte man das wunderbare Körpergefühl im Moment des Schwungs, die kraftgebende Leere im Kopf, die dem spirituellen Charakter einer Meditation sehr nahe kam, und die Tatsache, dass jeder Schlag eine neue Abschlussprüfung darstellte, jemandem nahebringen, der zum Fußballtraining ging? Beim Fußball waren die einzigen Variablen der Biergenuss des Vortages und vielleicht noch der Luftdruck im Ball. Ansonsten blieb der Boden gerade, das Tor stand immer im selben Abstand zur Mittellinie, und wenn man herausbekommen hatte, wie man den Fuß zum Ball anwinkeln musste, um eine gewünschte Flugbahn zu bekommen, konnte man das ohne große mentale Leistungsfähigkeit immer wieder abrufen. Im Golfspiel änderten sich die Bedingungen ständig, und ein guter Spieler wusste mit diesen Änderungen umzugehen.

Tigram besaß ein intuitives Gespür für den richtigen Schlag. Leider fehlte ihm auf der anderen Seite so etwas wie Menschenkenntnis. Sein Charakter passte zu seinem angenehmen Erscheinungsbild. Wäre der Begriff „Prince Charming“ nicht negativ belegt, Tigram hätte dem Bild eines strahlenden Prinzen voll entsprochen. Eine liebevolle Kindheit und ein intaktes Familienleben hatten den Mann zu einem glücklichen Menschen heranwachsen lassen. Er war nicht dumm, vielleicht ein wenig zu gutgläubig, und so etwas wie Neid schien dem Sohn eines Metallfacharbeiters völlig fremd zu sein. Nicht unbedingt die richtigen Eigenschaften unter einer Vielzahl von Kerlen, die sich in der harten Geschäftwelt durchgesetzt hatten und jetzt Golf spielten.

Sein außergewöhnliches Spielertalent und das damit verbundene sagenhaft niedrige Handicap von 0 wehrten jedoch die meisten Rivalenkämpfe ab. Doch das hatte sich vor einer Woche schlagartig geändert, als der harte Kern der Clubmannschaft herausbekommen hatte, dass Tigram Geschäfte mit Theo machte. Niemand aus der Gruppe der besten Spieler sprach ihn offen darauf an, damit hätte er umgehen können. Man regelte es auf die *feine Art*. Es fiel kein böses oder lautes Wort. Man grüßte ihn hier und da nicht mehr, plötzlich war kein Platz am Tisch mehr frei oder man vergaß ihm mitzuteilen, wann das nächste Training stattfinden sollte. Erst als Präsident Julius Donnerscheid ihm deutlich zu verstehen gab, dass er etwas gegen ihn hatte, begann Tigram sich Gedanken zu machen. Doch leider gingen diese Gedanken in die falsche Richtung.

Der Grund für diese Gedankenverirrung parkte in diesem Moment in einem schicken Sportcabriolet neben seinem betagten Fiat. Tamara Ortmann, die Enkelin des Präsidenten, sprang fröhlich und perfekt gestylt aus dem Cabriolet und lächelte Tigram verliebt an. Die um zwei Jahre jüngere, zierliche Frau hatte den Schock des Vorabends eindeutig überwunden. Sie trug ein grünes Chervò-Outfit: kurzer Golfrock, eng anliegendes Oberteil und eine Baseballkappe, aus der ein brünetter Pferdeschwanz munter hin und her wippte. Die Farbe betonte ihren braunen Teint, obwohl das viele Grün bei einer anderen Person vielleicht die Assoziation „Laubfrosch“ hervorgerufen hätte. Tamara bewegte sich jedoch so stilsicher um das Auto auf Tigram zu, als wäre der Parkplatz ein Laufsteg. Bevor sie sich in die Arme nahmen, schielten beide verstohlen über den Platz, dann küssten sie sich zärtlich und verharrten einen Moment eng umschlungen.

»Geht es dir gut?« fragte Tigram besorgt.

»Bestens«, nickte sie.

Ein Motorengeräusch ließ sie auseinanderfahren.

Die Clubsekretärin fuhr auf den Parkplatz.

Keiner im Club wusste von ihrer heimlichen Beziehung. Nach intensiven Überlegungen war Tigram zu der Überzeugung gekommen, dass es besser für ihre Beziehung sei, wenn sie sie erst einmal geheim hielten. Er als „Habenichts“ wollte sich nicht dem Geschwätz der Leute aussetzen, solange er nicht sicher war, dass Tamara es ernst meinte. Tamara, mit einem alten Vermögen aufgewachsen und von klein auf daran gewöhnt, Geld zu haben, meinte es ernst. Jedenfalls war sie fest entschlossen, diesen Mann nicht so einfach aufzugeben wie den einen oder anderen in ihrer Vergangenheit, und so stimmte sie widerwillig zu. Dabei gab es für Tamara keinen Grund, die Beziehung zu verheimlichen. Nach dem tragischen Tod ihrer Eltern vor ein paar Jahren hatte sie zusammen mit ihrem älteren Bruder, der in den USA lebte, ein riesiges Vermögen geerbt, über das sie frei verfügen konnte. Nur ihr Opa Julius sprach ihr des Öfteren ins Gewissen. Doch in letzter Zeit schienen seine Ratschläge eng mit seinen eigenen Interessen verbunden zu sein.

Das gefiel Tamara überhaupt nicht.

»Bist du fit?« fragte Tamara und stupste ihn liebevoll an.

»Bestens vorbereitet«, antwortete er und öffnete die Kofferraumtür.

»Zeig's ihnen, Tiger«, flüsterte sie und ging zu ihrem Wagen.

»Morgen zusammen«, rief die Clubsekretärin, die mittlerweile ihr Auto verlassen hatte und einen Stapel Ordner balancierte. »Was für ein tolles Wetter.«

Tamara sah, wie sich Frau Vogelberg abmühte, und eilte ihr zu Hilfe.

Sie mochte die agile Frau, deren Job eigentlich mehr Aufgaben umfasste als bloße Sekretärinnenarbeit. Frau Vogelberg hatte immer eine Minute Zeit für sie und äußerte auch mal ein kritisches Wort über die eine oder andere Sache. Dann erinnerte sie Tamara an ihre verstorbene Mutter, die Frau Vogelberg sicher recht gegeben hätte.

»Warten Sie, ich helfe Ihnen.« Und bevor die Clubsekretärin etwas antworten konnte, hatte Tamara ihr einen Teil der Ordner bereits abgenommen. »Was ist denn das alles?«

»Oh, das sind geschäftliche Unterlagen, die Ihr Opa einsehen möchte«, antwortete Frau Vogelberg freundlich und fügte hinzu: »Sie starten heute auf der 10. Ich hoffe, das geht in Ordnung?«

»Kein Problem«, lächelte Tamara und übernahm noch mehr Ordner als die Clubsekretärin die Eingangstür zum Clubhaus öffnete.

»Mit wem startet denn Tigram?« fragte sie und versuchte ihre Aufregung zu überspielen.

»Mit Ihrem Opa und Nico Schmallenberg vom Nachbarverein«, antwortete Frau Vogelberg lächelnd. »So, jetzt komme ich allein klar. Danke, Frau Ortmann, und viel Glück bei Ihrem Spiel!«

»Danke«, nickte sie und eilte zurück auf den Parkplatz.

Dort hatte Tigram die Straßenschuhe mit ein paar einfachen Golfschuhen getauscht, ein zweites Poloshirt in die Golftasche gestopft und eine blaue Baseballkappe übergestreift. Er schulterte gerade seine Golftasche, als Tamara zu ihrem Auto zurückging.

»Du hast Nico im *Flight**, pass auf dich auf«, raunte Tamara ihrem heimlichen Freund zu, als der an ihr vorbei zur Driving-Range ging.

Tigram nickte, doch seine Gedanken weilten ganz woanders. Er hätte Tamara gerne etwas Wichtiges gestanden, doch nachdem Theo jetzt

---

* Flight (engl. Schar): Bezeichnung für eine Gruppe von Golfspielern.

einige Kilometer entfernt in Siegen auf einer kalten Metallplatte in der Gerichtsmedizin lag, haderte er mit sich. Dieser kleine Umstand hatte Tigrams Problem nämlich perfekt gelöst, wie er leider glaubte.

2

Strahlend schöner Sonnenschein ließ Siegens Wahrzeichen golden funkeln. Das *Krönchen* thronte über jedem Gebäude der Stadt auf der Spitze der Nikolaikirche. Es gab in Deutschland wohl kaum eine andere Stadt, in der eine meterhohe goldene Krone den Turm einer bedeutenden Kirche zierte. Die ehemalige Stadtkirche und Gruftkapelle der Grafen zu Nassau aus dem 13. Jahrhundert machte deutlich, wer in der Stadt das Sagen hatte. *Uswaerdije* sollten jedoch nicht den Fehler begehen, die Geburtsstadt von Peter Paul Rubens als gottlos zu verurteilen. Ein starker protestantisch geprägter Glaube mit pietistischen Zügen mischte sich mit einem gesunden Geschäftssinn, der die Region wirtschaftlich und spirituell über die Jahrhunderte hinweg geprägt hatte. Selbst die katholischen Gemeinden konnten sich hie und da diesem Einfluss nicht entziehen. So glich es schon einem kleinen Wunder, dass gerade ein katholischer Geistlicher aus der Region es bis an die Seite des Pontifex geschafft hatte.

An diesen Menschen dachte nun Tristan. Eine unruhige Nacht hatte der Detektiv hinter sich. Vorsichtig schlich er aus dem Bett, um Helga nicht zu wecken. Tristans Unterbewusstsein hatte sich mit dem bösen Omen, wie Erich es nannte, stärker befasst, als es ihm lieb war. Der Detektiv dankte heute noch Luther dafür, dass der dickköpfige Mönch den Menschen die direkte Leitung zu Gott ermöglichte, ohne den Umweg über eine domestizierte Priesterschaft gehen zu müssen. Dämonen und böse Omina riefen Juckreize in seinem aufgeklärten Verstand hervor und gehörten wie die Heiligen in eine Glaubenswelt, die letztendlich dazu führte, dass Scheiterhaufen erneut aufflammen würden. Dennoch löste der Rabenvorfall archaische Ängste in ihm aus, die nicht einfach zu ignorieren waren.

Nachdenklich ging er die steile Treppe hinunter in Richtung Badezimmer. Er hatte den Fußboden noch nicht erreicht, da stand für ihn fest, dass er die weitere Entwicklung im Falle Theo Euteneuer verfolgen würde, denn den Rabenvorfall konnte man auch ganz anders interpretieren.

Statt ins Badezimmer zu gehen, schwenkte Tristan nach links direkt ins Wohnzimmer, wo ihn ein verschlafener Kakadu mit einem mürrischen Krächzen begrüßte.

»Dir auch einen guten Morgen«, murmelte der Detektiv, seinen Blick auf die Bücherwand gerichtet.

Mit verschlafenen Augen schritt er das massive Bücherregal ab, das dem Gewicht der unterschiedlich dicken und schweren Bücher trotzte wie einst die Stadtmauer Wiens den türkischen Angriffen. Irgendwo in dem scheinbaren Wirrwahr tausender Buchrücken verbargen sich Informationen, die eine völlig andere Interpretation des Rabenvorfalls untermauern würden.

»Ach, da bist du ja«, stieß er zufrieden aus und zog ein Buch mit altem Ledereinband aus dem Regal.

Dann suchte er nach einem weiteren Band und fand ihn nur unweit des ersten Buches. Mit beiden Büchern setzte er sich an den Esstisch und begann zu blättern. Schnell fand er alle nötigen Informationen und notierte sie auf ein Blatt Papier, das er sich aus einer Kommode, die unter der Fensterreihe stand, herausgenommen hatte.

»Na, das sieht doch schon viel freundlicher aus«, flüsterte er und betrachtete seine Notizen.

Marlowe, nun endgültig in seiner Ruhe gestört, richtete seinen Kamm auf und sagte: »Kaum hat er diesen Spruch getan, / Aujau! so schreit er kläglich. / Der alte hohle Backenzahn / Wird wieder mal unerträglich.«

»Was ist unerträglich?« fragte plötzlich Helga, die angezogen in der Tür stand. »Du bist noch im Pyjama?«

»Zwei Fragen auf einmal und das alles vor dem ersten Kaffee.« Tristan schüttelte den Kopf. »Ich geh mich jetzt erst einmal waschen.«

Als er an Helga vorbeiging, gab er ihr einen Kuss, sagte: »Morgen, Schatz« und verschwand im Badezimmer.

Seine Freundin blickte ihm grinsend hinterher.

»Männer!« seufzte sie laut und schüttelte den Kopf.

»Das habe ich gehört«, rief Tristan aus dem Badezimmer.

»Das ist gut«, erwiderte Helga und marschierte in die Küche.

Marlowe folgte ihr augenblicklich, denn wo Helga werkelte, gab es meist auch etwas zu fressen. Als Erstes öffnete sie die Sprossenfenster und ließ frische Luft herein. Die seit Tagen hohen Sommertemperaturen heizten zum Glück das alte Fachwerkhaus nicht so auf, wie es bei herkömmlichen Bauten der Fall war. Die alten Lehmwände sorgten für ein angenehmes Raumklima. Leider konnten sie die Küchen- und Wohnzimmerfenster nicht über Nacht offen stehen lassen. Die Gefahr, unerwünschte Besucher einzuladen, war zu groß.

»*Gemoarje*«, grüßte überraschend Erich von draußen durch das Küchenfenster. Seine Baritonstimme war unverkennbar.

»Morgen, Erich«, sagte Helga und zupfte sich ein wenig ihren wirren Haarschopf zurecht. »Wenn du Brötchen dabeihast, bist du herzlich zum Frühstück eingeladen.«

»Ja, da hab ich ja Glück«, scherzte der Diakon, »dass ich gerade unten bei Martha eine ganze Tüte gekauft habe.«

»Prima, komm rein!«

Helga stellte eine weitere Tasse auf den Küchentisch.

Der Vorteil, in einer engen Altstadt zu wohnen, in der der Bäcker nur ein paar Schritte von der Haustür entfernt sein Geschäft betrieb, wog die erzwungene räumliche Enge, auf der man miteinander auskommen musste, meistens auf. Erich eilte um das Haus und klopfte gegen die alte Eichenhaustür.

»Wer stört so früh am Morgen die Götter?« rief Tristan mit Rasierschaum um den Mund aus dem Badezimmer.

»Blasphemie«, erwiderte Erich und klopfte erneut gegen die Haustür.

»Versuch mal den Türgriff«, drang es etwas undeutlich aus dem Badezimmerfenster.

Erich öffnete die Eichentür. Feiner Kaffeegeruch schwebte ihm in der Diele entgegen.

»Das riecht ja köstlich«, sagte er und eilte in die Küche.

Einige Minuten später erschien auch Tristan angezogen und rasiert am Frühstückstisch. Marlowe saß auf einer Stuhllehne und verfolgte unruhig, wie Helga Kaffee ausschenkte. Erich hatte Platz auf einer verzierten Eckbank gefunden. Ihm gegenüber setzte sich Tristan auf einen Stuhl.

»Gut geschlafen?« fragte er seinen Freund.

»Es ging«, antwortete der Diakon und nahm einen ersten Schluck Kaffee.

»Mir ist es ähnlich gegangen«, nickte Tristan und schmierte für Marlowe eine Brötchenhälfte mit Marmelade.

»Und?« Erich sah seinen Freund ernst an. »Machst du weiter?«

Helga blickte auf.

»Weißt du«, begann Tristan, »das mit den Omina ist so eine Sache.«

Erich stöhnte laut auf.

Wenn ein Protestant mit „ja aber" oder „das ist so eine Sache" begann, konnte man davon ausgehen, dass die teuflische Mechanik der Hermeneutik (Auslegekunst) in Bewegung gesetzt worden war. Das Teuflische an dieser Mechanik war ihre Unberechenbarkeit. Bevor Luther seine Thesen an diese verdammte Kirchentür zu Wittenberg genagelt hatte, hatten schon die katholische Kirche und damit der Papst die nötigen Mechaniker besessen, um aus dem hermeneutischen Apparat immer schön das ausspucken zu lassen, was dem Wohl der katholischen Kirche und seiner Kirchenfürsten diente. Seit Luther dieses Monopol gebrochen hatte, war es praktisch unmöglich, einem wachen Verstand verständlich zu machen, dass es so etwas wie die absolute religiöse Wahrheit gab.

So brummte Erich: »Ihr Protestanten mit eurer Hermeneutik.«

»Besser als Exorzismus«, antwortete Tristan und stand auf.

Er ging ins Wohnzimmer und nahm das Blatt Papier vom Tisch. In der Küche reichte er es Erich.

»Hier, sieh dir das mal an«, bat er seinen Freund.

Erich nahm das Papier und las.

»Was hast du herausgefunden?« fragte Helga.

»Raben«, begann der Detektiv, »spielen in der Mythologie eine vielfältige Rolle. Erst im Mittelalter wurden sie als Unglücks- oder Teufelsboten verdammt. Schuld an diesem Wandel ist ein Buch mit dem Titel „Physiologus", das in seiner Entstehung zurück bis ins 2. Jahrhundert nach Christus reicht. In dem Buch wird Tieren eine theologische Bedeutung zugeordnet. Löwen wird dort nachgesagt, dass sie mit ihrem Atem Junge vom Tod erwecken können. Einhörner und Phönixe werden darin beschrieben und Ringeltauben. Der Rabe kommt dort allerdings schlecht weg. Das war lange Zeit anders.

In der römischen und griechischen Mythologie ist der Rabe ein heiliger, weißer Vogel, der erst von Apollon sein schwarzes Gefieder verliehen bekam, weil er ihm eine schlechte Nachricht überbracht hatte. Habt ihr gewusst, dass die italienische Metropole Ravenna übersetzt die „Stadt der Raben" lautet? In Ravenna beendete Dante Alighieri seine „Göttliche Komödie". Eines der bedeutendsten Werke der europäischen Literatur. In England gibt es eine Legende, wonach London und die Monarchie fallen werden, wenn die Raben den Tower verlassen. Pragmatisch, wie die Londoner sind, füttert man die Raben und hat ihnen auch gleich noch die Flügel gestutzt.«

»Und?« Erich legte das Blatt beiseite. »Wie deutest du nun den Rabenvorfall?«

»Ich denke«, begann Tristan und reichte Marlowe eine weitere Brötchenhälfte, »dass ein schwarzer Vogel neben einem weißen Kakadu ganz schön bedrohlich aussehen kann, dass das aber nicht unbedingt als böses Omen zu deuten ist. Es könnte genauso bedeuten: Mann, lass dich nicht täuschen!«

3

Der Raum war kühl und vom Tageslicht abgeschnitten. Neonlampen erhellten den gefliesten Obduktionssaal des Stadtkrankenhauses. Hinter einem Vorhang kreischte eine Art Schleifhexe mit einem sehr scharfen Sägeblatt. Einige Meter davon entfernt standen Hauptkommissar Pfeiffer und sein Kollege Holzbaum neben einem metallenen Obduktionstisch, auf dem die menschlichen Überreste Theo Euteneuers lagen. Ihnen gegenüber hielt Dr. Müller, ein hagerer Mann mit Glatze, eine Kladde in der Hand und nuschelte gegen den Lärm der Schleifhexe das Ergebnis der Obduktion. Pfeiffer hörte nur halb zu. Die andere Hälfte konzentrierte sich mehr ungewollt auf den Moment, in dem die Schleifhexe endlich durch tiefgefrorenes Fleisch auf Knochen traf. Als dieser Augenblick am Nachbartisch endlich gekommen war, kreischte die Maschine nochmals kurz auf, danach folgte Stille.

»Na endlich«, stöhnte Kommissar Werner Holzbaum, dem dieser schaurige Ort Schweißperlen auf die Stirn trieb.

»Mord?« fragte Pfeiffer und deutete auf den Vorhang.

»Oh, nein!« sagte der Obduktionsarzt trocken, »natürlich verstorben.«

»Und warum öffnen Sie die Leiche dann?« hakte Holzbaum nach.

»Neuer Mann von der Uni, muss noch üben«, erklärte Dr. Müller unwirsch, man merkte ihm an, dass er gerne in seinem Bericht fortfahren würde.

»Oh, dann machen Sie mal weiter«, sagte Pfeiffer.

»Der Körper weist keinerlei Kampfspuren auf. Gift oder andere Substanzen, die zum Exitus führten, sind ebenfalls nicht vorhanden. Der Mann hat zwei Kopfverletzungen. Eine am Hinterkopf, die nicht tödlich war, und eine an der linken Schläfe, die tödlich war.«

»Wie wir bereits vermutet haben«, nickte Pfeiffer zufrieden.

»Ja, dann sind wir hier wohl fertig, meine Herren.« Dr. Müller ließ geräuschvoll die Kladde auf den Obduktionstisch fallen und wandte sich dem Vorhang zu. »Wenn Sie mich jetzt bitte entschuldigen würden.«

»Ja, sicher«, lächelte Pfeiffer.

Sie verließen den Obduktionssaal.

Auf dem Flur angekommen atmete Holzbaum einmal tief durch und wirkte sichtlich erleichtert.

»Ich hasse diesen Raum«, stöhnte er.

Pfeiffer ging darauf nicht ein. Gedankenverloren zückte er eine Zigarettenschachtel aus seinem Jackett und klopfte den letzten Glimmstängel heraus. Dann zerknüllte er die Schachtel, warf sie in einen Papierkorb und sagte: »Also lagen wir mit unserer Vermutung richtig.«

»Was den Hergang ab dem Moment betrifft, als der Ball Theos Kopf traf«, antwortete Holzbaum.

»Ja«, nickte der Hauptkommissar und zündete sich die Zigarette an.

»Was machen wir mit der anderen Information?« Holzbaum wedelte sich mit seinem Notizbuch Luft zu.

Die andere Information lag in schriftlicher Form im Büro der Kreispolizeibehörde, einige Häuserblocks entfernt, und hatte Pfeiffers schöne Theorie eines Unfalles mächtig in Stücke gehauen.

»Darum kümmern wir uns jetzt«, schnaufte der Beamte.

Sie verließen das Krankenhaus, das am Rande der Altstadt lag.

»Wollen wir nicht erst einmal frühstücken?« fragte Holzbaum, der vorsorglich noch nichts zu sich genommen hatte. »Irle wohnt doch gleich um die Ecke, was meinst du?«

Pfeiffer verzog sein Gesicht, aber dann zog er einmal kräftig an der Zigarette und meinte: »Warum nicht, früher oder später bekommt er die gleiche Information. Also sagen wir es ihm lieber gleich und schnorren uns noch ein Frühstück.«

Eigentlich mochte Pfeiffer Privatdetektive so sehr wie Fußpilz. Er war der Überzeugung, dass Privatschnüffler eigentlich keine vernünftige Polizeiarbeit leisten konnten. Dann traf er auf Tristan Irle, und seine wackelige Gedankenwelt wurde durch einen mächtigen Tsunami überflutet. Bis heute waren die Spuren dieser Erfahrung in seinen Überlegungen zu spüren.

Sie ließen ihren Dienstwagen vor dem Krankenhaus stehen und entschieden, den schönen Sommertag zu Fuß zu genießen. Eine Entscheidung, die Pfeiffer sichtliche Mühe kostete, da er sich lieber mit seinem hochgezüchteten, PS-starken Dienstwagen fortbewegte. Aber auch ihm hatte das Erlebnis im Obduktionssaal zugesetzt, und ein wenig frische Luft würde wohl nichts schaden.

Sie überquerten die Kohlbettstraße und gingen durch die enge Steingasse in Richtung Marienkirche. Nach einigen Metern erreichten sie die Löhrstraße. Vor ihnen ragte die katholische Kirche in einen azurblauen Himmel. Sie überquerten die schmale Zufahrtsstraße, die die Oberstadt mit der Unterstadt verband, und bogen um die Kirche in den gepflasterten Hof.

»Er wird überrascht sein«, meinte Holzbaum und sein Bulldoggengesicht strahlte freundlich auf.

»Vielleicht haben wir ja Glück«, grinste Pfeiffer hämisch, »und wir wecken ihn.«

»Daraus wird wohl nichts«, antwortete Holzbaum, der die geöffneten Küchenfenster bemerkte, als sie über den Hof auf das Haus zugingen.

»Na ja, vielleicht ein anderes Mal«, seufzte Pfeiffer und steuerte eines der offenen Fenster an.

Tristan reichte Marlowe gerade die zweite Brötchenhälfte, als Pfeiffer seinen Kopf durch das offene Fenster steckte und sagte: »Einen guten Morgen allerseits.«

»Guten Morgen!« staunte Tristan.

Erich verdrehte seinen Hals nach Pfeiffer, und ein Nackenwirbel sprang hörbar in seine angestammte Lage zurück.

»Sie sollten sich mal untersuchen lassen«, meinte Pfeiffer und fügte frech hinzu: »Hätten Sie noch einen Kaffee für zwei engagierte Beamte?«

»Kommen Sie rein«, antwortete Helga, bevor Tristan etwas sagen konnte. »Die Haustür ist offen.«

»Gerne«, nickte Pfeiffer.

»Was will er?« fragte Erich beunruhigt.

»Wenn er freiwillig kommt«, brummte Tristan, »fürchte ich nichts Gutes.«

Helga stand auf und stellte zwei weitere Tassen auf den Tisch.

»Die wollen bestimmt noch etwas essen«, meinte Tristan und Helga nahm noch zwei Brettchen und Besteck aus einer Küchenschublade.

Kurz darauf standen Holzbaum und Pfeiffer in der Küche.

»Morgen«, grüßte jetzt auch Holzbaum. »Nett von Ihnen, uns aufzunehmen. Einen Kaffee habe ich nämlich jetzt dringend nötig.«

Marlowe musste seinen Platz für Pfeiffer räumen, was dem Kakadu gar nicht gefiel. Holzbaum zwängte sich zu Erich auf die Eckbank.

»Was führt Sie zu so früher Stunde in die Oberstadt?« fragte der Detektiv, noch bevor Helga ihnen Kaffee ausgoss.

»Eine Leiche«, antwortete Pfeiffer und rückte sich das Besteck zurecht, »eine, die Sie gefunden haben, und neue Erkenntnisse.«

»Sie machen es spannend«, meinte Erich und reichte Pfeiffer den Brötchenkorb.

Während Holzbaum einen kräftigen Schluck Kaffee zu sich nahm, begann Pfeiffer die Obduktionsergebnisse zusammenzufassen.

Tristan nickte, bis hierher gab es nichts Neues.

»Wir haben gestern Abend noch ein paar obligatorische Anfragen bei einigen Behörden veranlasst«, sprach Pfeiffer weiter. »Eine Behörde antwortete besonders schnell.«

»Ein Wunder?« fragte Erich.

»Wohl kaum«, meinte Pfeiffer und schlürfte zum ersten Mal an seiner Tasse. »Die waren in Sachen Theo Euteneuer schon aktiv.«

»Oh«, staunte jetzt Tristan und fügte hinzu. »Das Finanzamt!«

Pfeiffer stellte die Tasse ab und blickte zu Holzbaum, der mit den Schultern zuckte, als hätte er nichts anderes erwartet.

»Ja, das Finanzamt«, stöhnte Pfeiffer.

4

Präsident Julius Donnerscheid erwachte.

Eine Zeitlang blickte er zur Decke, während sein Gedächtnis die Rückspultaste drückte und die Ereignisse des vergangenen Abends kleinen Eiswürfeln gleich kristallisierten. Die wohlige Wärme unter feiner Seidenwäsche verflüchtigte sich, als Julius' Gedächtnis das ganze Ausmaß der Katastrophe in Breitbildformat abspulte.

»Dieser Saukerl«, zischte Julius und weckte damit seine Frau Maria.

»Was ist los?« fragte sie verschlafen und blinzelte zum Wecker. »Schlaf weiter, es ist noch so früh.«

Julius blickte auf seine Armbanduhr, die auf einem Nachtschränkchen lag.

»Acht Uhr«, knurrte er, während seine Frau sich in die Bettwäsche kuschelte.

»Ich stehe auf«, flüsterte er, schlüpfte leise aus dem Bett und eilte ins angrenzende Badezimmer.

Seit er die Firmenleitung in die Hände seines Sohnes gelegt hatte, gab es für ihn nichts Richtiges mehr zu tun. Er selbst hatte darauf bestanden, klare Verhältnisse zu schaffen. Die gut gehende Firma bekam der Sohn, während seine

Tochter, Tamaras Mutter, mit einem beträchtlichen Vermögen ausgezahlt wurde. Die beiden Kinder hatten sich nie richtig verstanden, was für die Firmenführung untragbar gewesen wäre. Leider verstand er sich genauso wenig mit seinem Sohn, wenn es um Firmenentscheidungen ging, deshalb war er ausgeschieden, wie es sein Vater vor ihm und dessen Vater getan hatten. Er brauchte eine andere Aufgabe, und da kam die Präsidentschaft im Golfclub gerade richtig. Und die drohte nun zu einem Fiasko für ihn zu werden.

»Dieser verfluchte Euteneuer«, zischte er seinem Spiegelbild zu.

Akribisch begann er sich die Zähne zu putzen. In Gedanken verfluchte er den Tag, an dem er sich mit Theo eingelassen hatte. Er spuckte aus und wusch sich das Gesicht. Es half nichts, in die Vergangenheit zu blicken, er musste sich nach vorne orientieren. Nur gut, dass er Frau Vogelberg hatte. Wenn ihm das Glück hold war, konnte er seinen Fehler korrigieren, bevor jemand im Club etwas merkte. Solange die Polizei von einem Unfall ausging, standen ihm einige Handlungsoptionen zur Verfügung. Er musste sich jetzt nur weiterhin so gut beherrschen, wie man es von ihm gewohnt war, dann könnte sein Vorhaben gelingen.

Er lächelte in den Spiegel und griff zum Rasierapparat. Nach einer halben Stunde Morgentoilette kämmte er zum Schluss sein immer noch dichtes Haar und fühlte sich nun fit für den Tag.

Als er zurück ins Schlafzimmer ging, war seine Frau wieder eingeschlafen. Er ließ sie schlafen und zog sich zügig an. Dann verließ er den Raum und eilte in sein Büro, das er sich einen Stock tiefer eingerichtet hatte.

Das Büro besaß einen direkten Zugang zu einer Terrasse, die das halbe Haus umrahmte. Es war nüchtern eingerichtet. Ein Bücherregal aus Nussbaumholz füllte eine Wand. An den anderen Wänden hingen Originale von heimischen Künstlern. Eine kleine Sitzgruppe stand links neben dem Eingang. In der hinteren Hälfte des Büros stand ein alter Eichenschreibtisch, bei dessen Anblick jedem Möbelpacker unwillkürlich Berufszweifel ins Gehirn schossen. Ein ebenso mächtiger Stuhl ruhte dahinter. Auf dem Schreibtisch lagen zwei dicke Ordner. Auf den Ordnerdeckeln klebte ein buntes Wappen. Es stellte eine stilisierte Landschaft dar, unter der ein überproportionaler Schriftzug den Namen des Golfclubs verriet. Nicht besonders einfallsreich, aber bei der Gründung des Clubs hatte man andere Sorgen und nicht unbedingt die kreativen Leute zur Hand, die den Verantwortlichen hätten sagen können, dass ein eleganter visueller Auftritt anders aussah.

Julius öffnete den ersten Ordner und setzte sich.

Es klopfte.

»Ja bitte«, brummte er.

Adelheid, die Haushälterin, öffnete einen Spalt die Tür und fragte: »Möchten Sie frühstücken?«

»Einen Tee und ein Croissant bitte«, antwortete er kurz angebunden und fügte etwas freundlicher hinzu: »Und, Adelheid, wecken Sie bitte meine Frau rechtzeitig, damit sie pünktlich um 12 im Clubhaus erscheint.«

»Ja, Herr Donnerscheid.« Sie schloss leise die Tür.

Nachdenklich wandte er sich wieder dem Ordner zu. Er suchte eine detaillierte Liste, in der alle Vermögenswerte des Clubs aufgelistet waren.

5

In Tristans Küche erklärte Hauptkommissar Pfeiffer, warum das Finanzamt sich für Theos Geschäfte interessierte. Er vertilgte bereits ganz ungeniert das dritte Brötchen.

»Der ehrenwerte Geschäftsmann«, so Pfeiffer etwas lakonisch, »kam nur unregelmäßig seinen Verpflichtungen gegenüber dem Finanzamt nach.«

»Ist er pleite?« fragte Erich, und in seinem klassischen Römergesicht funkelten plötzlich die Augen. »Wahrscheinlich hat er Geschäftspartner betrogen und Geld veruntreut, um seine Schulden zu bezahlen. Das wäre dann das klassische Motiv«, schoss es aus ihm heraus.

»Seit wann versteht ein Kirchenmann etwas von einem klassischen Motiv?« starrte ihn Pfeiffer an.

»Nun«, grinste Erich, und dieses Grinsen erinnerte daran, dass nach oben gezogene Mundwinkel nicht unbedingt immer freundschaftlich zu deuten waren. »Wir, die Kirche, haben dem klassischen Motiv den Namen gegeben.«

»So«, staunte Pfeiffer, »aber in diesem Fall trifft das Betrugsmotiv nicht zu. Nach Auskunft der Banken, die uns das Finanzamt freundlicherweise weiterleitete, sind seine vielen Konten anständig gefüllt.«

»Warum zahlte er dann nicht?« Helga blickte aufgebracht in die Runde. »Es gehört sich nicht, die Steuern zu umgehen.«

»Bitte was?« Dem Hauptkommissar wäre fast das vierte Brötchen aus der Hand gefallen. »Sie sind für Steuerzahlungen, das höre ich ja zum ersten Mal.«

»Glotzen Sie nicht so!« sagte Helga entschieden. »Ja, generell bin ich für Steuerzahlungen. Viele scheinen vergessen zu haben, was mit diesen Steuern unterhalten wird.«

»Da stimme ich Ihnen zu«, brummte Holzbaum.

»Sie dienen doch dazu, ein funktionierendes Gemeinwesen zu unterhalten«, erklärte die Pensionsbesitzerin. »Ich würde gerne mal die Leute sehen, wenn sie über kaputte Straßen fahren müssten.«

»Oh, das können Sie«, sagte Pfeiffer höhnisch, »fahren Sie mal nach Hagen oder, noch besser, die Sandstraße hier in Siegen entlang.«

»Jetzt bleiben Sie ernst«, mahnte Helga, »Sie wissen genau, was ich meine. Auch die Polizei muss ja von irgendetwas bezahlt werden. Ohne Steuern würden sich die Reichen alles und wir normale Bürger gar nichts erlauben können.«

»Hört, hört!« stieß Pfeiffer aus. »Eine Jeanne d'Arc aus dem Siegerland.«

»Jetzt machen Sie sich nicht lustig, Herr Pfeiffer«, sagte Helga ernst. »Natürlich ärgert mich auch, was die Politiker, so unkompetent sie alle sind, mit den Milliarden anstellen, die wir ihnen, hart erarbeitet, überlassen müssen. Und ja, ich achte schon darauf, was das Finanzamt mir anerkennt und was nicht. Ein gesunder Interessenkonflikt gehört zu diesem Steuerspiel dazu.

Aber ich kann es nicht verstehen, dass berühmte Persönlichkeiten in Deutschland hoch angesehen sind, obwohl sie in Österreich oder in der Schweiz leben und keinen einzigen Cent für das Gemeinwohl in Deutschland zahlen. Ich kann mich auch tierisch darüber aufregen, dass es möglich ist, über *kreative* Firmenkonstruktionen, die ins Ausland reichen, Steuergelder zu sparen. Dieser Theo gehörte wahrscheinlich genau zu dieser Gruppe von Verbrechern?«

»Das ist nicht eindeutig festzustellen«, mischte sich Holzbaum ein.

»Wie ist das zu verstehen?« Tristan hörte aufmerksam zu, doch irgendwie beschlich ihn ein Gefühl, das man normalerweise dann bekam, wenn man zum dritten Mal an demselben pittoresken Häuschen vorbeifuhr, und das, obwohl das Navigationsgerät weiterhin mit freundlicher Frauenstimme den Weg zum Fahrziel erklärte.

»Nun«, stotterte Pfeiffer, »nach Auskunft des Finanzbeamten ging es Euteneuer eher um das Prinzip, keine Steuern zahlen zu wollen, als weniger darum, sie nicht zahlen zu können. Zudem scheint er eine große Summe angesammelt zu haben.«

»Für ein großes Geschäft?« fragte Erich.

»Wir vermuten, ja«, nickte Pfeiffer. »Wir haben das noch nicht überprüfen können, aber es scheint so, dass in den letzten Wochen aus unterschiedlichen Richtungen Geld auf Theos Konten floss.«

»Das hört sich nicht danach an, dass ihm jemand nach dem Leben trachtete«, stellte Tristan nüchtern fest.

»Das dachten wir auch«, nickte Holzbaum, »aber dann fanden wir das in seiner Hosentasche.«

Holzbaum zog ein Blatt Papier aus der Brusttasche seines Hemdes.

»Ein Beweisstück?« fragte Tristan erschrocken, als er das zerknüllte Papier entgegennahm.

»Eine Kopie eines Computerausdrucks«, beruhigte Holzbaum.

Der Detektiv las:

Für deine schweinereien wirst du sterben!

»Das ist eine Morddrohung«, stieß er überrascht aus.

»Ja«, nickte Pfeiffer. »Das haben Sie ganz richtig verstanden.«

Erich blickte etwas verblüfft in die Runde.

»Warum dann das ganze Gerede über Steuern?« fragte er.

»Nun«, lächelte Pfeiffer. Er legte sein Messer beiseite und schien endlich satt zu sein. »Wir vermuten, dass der tote Theo – oh, das hört sich gut an.«

Die anderen straften den Hauptkommissar mit missbilligenden Blicken.

»… also dass Theo in der Vergangenheit die eine oder andere geschäftliche Schweinerei begangen haben könnte. Das Finanzamt hat jedenfalls den Verdacht, dass nicht alle seine Gewinne immer korrekt angegeben wurden.«

»Es gibt Hinweise«, ergänzte Holzbaum. »Das Finanzamt überprüfte Buchungen, bei denen größere Summen das Konto wechselten. Dabei fanden sie ein Konto, das sie eindeutig einer Person zuordnen konnten.«

»Das Interessante an dieser Person ist«, sagte Pfeiffer, »dass es sich um ein Mitglied des Golfclubs handelt.«

»Kennen Sie den Namen dieser Person?« wollte Tristan wissen.

»Ja, den kennen wir«, nickte Pfeiffer zufrieden. »Er heißt Tigram Busch und ist Angestellter bei einer hiesigen Maschinenbaufirma.«

6

Tigram stand auf der Driving-Range und schlug sich warm. Neben ihm auf dem Boden lag ein Haufen Übungsbälle, die er nach und nach von einer Kunstrasenmatte die 300 Meter lange Bahn hinunterschlug. Anders als Tristan einen Tag zuvor traf er die Bälle genau dort, wo er sie treffen wollte. Je nachdem, welchen Schläger er gerade in der Hand hielt, flogen die Bälle mal in einem hohen Bogen, dann ganz flach über die Übungsbahn. Vor ihm auf dem satten Grün leuchteten die verstreut liegenden weißen Bälle, als wären sie Gänseblümchen. Noch hatte Tigram seinen *Driver**, den längsten und am schwierigsten zu handhabenden Schläger beim Golfspiel, nicht ausgepackt. Mit diesem Schläger musste er sorgsam umgehen. Eine falsche Bewegung konnte zur Folge haben, dass der Ball wie eine unkontrollierte Rakete in den Himmel schoss oder in einem großen Bogen nach rechts, manchmal auch nach links, Dutzende von Metern entfernt von seinem Ziel landete. Die Driving-Range bot genügend Platz. Auf dem Golfplatz konnte ein Fehlschlag den Ball ins Aus oder in unwegsames Gelände befördern. Für einen angestrebt niedrigen *Score*** war das gar nicht gut.

---

* Driver: wird auch als Holz 1 bezeichnet, der längste Schläger in der Golftasche.

** Score: Spielergebnis.

Trittgeräusche lenkten Tigrams Aufmerksamkeit ab. Vor den Abschlagboxen erschien Pro Colin mit einer Schülerin. Es war ein ungeschriebenes Gesetz, auf der Driving-Range den rechten äußeren Abschlag nicht zu belegen. Diesen Abschlag nannte der Pro gerne sein Büro. Die Abschlagbox hatte Zugang zu einem kleinen Raum, in dem Colin Schläger und Bälle aufbewahrte. Zudem konnte er dort den Ballautomaten füllen, aus dem jeder Rangebesucher seine Übungsbälle zog.

Tigram hatte die Schülerin nicht gleich erkannt, doch als sie zusammen mit Colin an den Abschlag trat, erkannte er die Ehefrau seines Chefs.

»Guten Morgen, Tigram«, grüßte sie ihn freundlich. »Viel Glück heute!«

»Danke, Frau Sänger«, erwiderte er den Gruß. Ihm wäre es lieber gewesen, er hätte noch allein trainieren können.

Colin ließ Jaqueline Sänger ein paar Aufwärmübungen machen und ging zu Tigram hinüber.

»Du hast Nico im Flight«, sagte er nachdenklich.

»Das macht mir weniger Sorge als unser Präsident«, grinste Tigram nervös.

»Nico ist der beste Spieler des Nachbarclubs«, erinnerte Colin. »Er hat schon größere Turniere gewonnen als unsere Offene Meisterschaft.«

»Ich weiß«, nickte Tigram und schwang ein *Eisen 3**. »Den aufgeblasenen Gockel bekomme

---

* Eisen 3: Langer Schläger mit einem steilen Schlagkopf aus Eisen. Im Gegensatz zu einem kurzen Schläger, wie einem Eisen 9, mit flachem Schlagkopf.

ich in den Griff. Aber was mache ich, wenn mir Julius in den Rücken fällt? Schließlich ist Nico der erklärte Liebling, wenn es um die Hand seiner Enkelin geht.«

»Nun ja, das muss dich doch nicht interessieren, oder?« Colin sah ihn nachdenklich an. »Konzentriere dich auf dein Spiel. Greif nicht unüberlegt an und schwing nicht wie ein alter Enterich.«

Tigram grinste. Er liebte es, wenn Colin sein großes Herz öffnete und ihn wie einen Sohn behandelte.

»Ich denke dran«, nickte er und legte sich einen Ball zurecht. Für einen Moment konzentrierte er sich und schwang das Eisen 3. Mit einem lauten Zischen stieg der Ball in einer flachen Kurve und flog dann kerzengerade weit über die Übungsbahn.

»So spielt man Golf«, lobte der Pro und klopfte ihm auf die Schulter. »Gutes Spiel wünsche ich dir.«

Jaqueline hatte ihren gut proportionierten Körper nach allen Regeln der Kunst hin und her gebogen und fühlte sich bereit für das Training. Sie spielte schon eine ganze Weile Golf und nahm ebenfalls an der Meisterschaft teil. Da diese erst gegen Nachmittag starten würde, hatte sie kurzfristig ein paar Trainingseinheiten mit Colin vereinbart, um ihren fehlerhaften Abschlag in den Griff zu bekommen. Sie neigte dazu, einen sogenannten *Slice** zu schlagen. Anfänger wie Fort-

* Slice: Der Ball startet gerade oder links, macht dann eine starke Rechtskurve und landet bei Anfängern meistens im Aus.

geschrittene quälten sich damit herum. Jaqueline nahm den Fehler eher gelassen, ihren Mann ärgerte es jedoch, und so gönnte er ihr gerne ein paar Extrastunden mit dem Pro. Dagegen hatte sie ganz und gar nichts einzuwenden.

»Können wir beginnen?« drängelte sie und wedelte ungeduldig mit dem Driver herum.

»Ich komme«, antwortete Colin und lächelte seiner Schülerin zu.

Der Pro sah sich noch einen weiteren Abschlag von Tigram an, nickte und wandte sich dann an Jaqueline.

»Nun, schöne Frau«, sagte er galant, »was kann ich für dich tun?«

Jaqueline strahlte und antwortete: »Dieser verdammte Schläger will einfach nicht nach meiner Pfeife tanzen.«

»Nun ja, das ist überaus unhöflich von ihm«, lächelte Colin und blickte sie bewundernd an. »Dann wollen wir mal sehen, was wir da machen können.«

Colins Fähigkeit, sich in andere hineinzuversetzen, war hervorragend ausgebildet. Innerhalb von zwei Schritten konnte er sich auf sein Gegenüber einstellen. Bei Jaqueline, der Ehefrau eines erfolgreichen Unternehmers, hatte er schon früh festgestellt, dass sie es mochte, im Mittelpunkt zu stehen. Anscheinend schenkte ihr ihr Ehemann nicht die gewünschte Bewunderung, die sie zu verdienen meinte. Colin bediente dieses Bedürfnis und er vermutete, dass Jaqueline, so taff wie sie sich gab, auch noch andere Quellen nutzte, um dieses Bedürfnis zu befriedigen.

»Dann schwing einmal«, forderte Colin sie auf und stellte sich in sicherem Abstand vor Jaqueline.

Sie stellte sich in Position, überprüfte ihren Schlägergriff und holte aus.

»Noch einmal bitte«, sagte Colin sanft. »Schon besser. Jetzt nimm einen Ball und schlag ihn.«

Neben Jaquelines Abschlagmatte lag ein Korb voller Bälle. Sie nahm einen und legte ihn auf die Matte, dann holte sie aus.

»Nun ja, das war doch nicht schlecht«, lobte der Pro, als der Ball in einer geraden Linie über die Übungsbahn davonflog.

»Wenn ich sie immer so schlagen würde«, kokettierte sie, »wäre es schön.«

Er ließ sie weitere Bälle schlagen und korrigierte hier und da Stand und Schwung. Nachdem der Korb zur Hälfte leer war, bat Jaqueline um eine kleine Pause.

Sie nahm eine Wasserflasche aus ihrer Golftasche, die neben dem Abschlag stand, und sagte: »Muss schrecklich gewesen sein, Theo so tot am Wasserhindernis liegen zu sehen.«

Colin horchte auf.

»Ich meine«, sprach sie leise weiter, »wann sieht man schon mal einen Toten?«

»Nun ja, es war nicht angenehm«, nickte Colin, »aber für Tamara war es schlimmer.«

»Ach, die Kleine kann etwas wegstecken«, grinste Jaqueline zweideutig. Sie steckte die Wasserflasche zurück in die Golftasche und fragte neugierig: »Was hat eigentlich dieser Detektiv hier zu suchen gehabt?«

»Schnupperkurs«, antwortete Colin.

»Und?« hakte sie nach.

»Und was?« Colin verstand nicht, worauf sie hinauswollte.

»Wie stellte er sich an?«

»Brauchbar, würde ich sagen«, meinte der Pro.

»So?« nickte sie. »Hat er irgendetwas zu Theos Tod gesagt?«

»Warum interessiert dich das?« lächelte Colin.

»Reine Neugier«, antwortete sie und sah ihn mädchenhaft an. »Du weißt ja, was man so Übles über Theo sagte.«

»Da halte ich mich heraus«, erwiderte er. »Die Polizei jedenfalls meint, es handle sich um einen Unfall.«

»So?« Jaqueline griff nach ihrem Driver. »Es ist selten, dass du den Konjunktiv benutzt. Was denkst du denn?«

»Nun ja, wie ich schon sagte«, er blickte sie ernst an, »da halte ich mich heraus.«

»Ist wohl auch besser so«, meinte sie kalt. »Machen wir weiter?«

7

Pfeiffer war mit seinem Auftritt zufrieden. Zum ersten Mal hatte er den Detektiv wirklich überraschen können. Er öffnete die Fahrertür seines Dienstwagens und zog sich das Jackett aus. Mit einer lässigen Bewegung warf er es auf den Rücksitz. Dass die vielen Informationen nicht durch seine Recherchearbeit zusammengetragen wurden, störte den Hauptkommissar dabei wenig. Voller Tatendrang sprang er ins Auto und beugte sich vor zum Handschuhfach. Dort klaubte er eine Schachtel Zigaretten heraus. Einen Augenblick später steckte ein Glimmstängel zwischen seinen Lippen.

»Wir waren gut, Holzbaum, was?« sprach er an der Zigarette vorbei.

»Ja, das waren wir«, antwortete Holzbaum, der sich langsam auf dem Beifahrersitz niederließ. »Du solltest dir das Rauchen abgewöhnen.«

»Ach was!« grinste Pfeiffer, »ob ich durch eine Kugel oder durch Krebs sterbe, was macht das schon.«

»Der Krebs ist wahrscheinlicher«, stöhnte Holzbaum, während er sich den Schweiß von der Stirn wischte.

»Was ist los«, grinste Pfeiffer, »ich fahre doch noch gar nicht.«

»Die Hitze ist nicht gut für meinen Blutdruck«, antwortete Holzbaum gar nicht amüsiert.

Die Sonne kletterte im Westen langsam über die geschwungenen Ausläufer des Rothaargebirges. Ihre warmen Sonnenstrahlen streichelten über grüne Wälder, saftige Wiesen und schiefergedeckte Dächer. Es war gerade mal Juni, und die vorhergesagte Tagestemperatur sollte die 30-Grad-Grenze spielend überschreiten.

Der Hauptkommissar blinzelte in einen azurblauen Himmel. Keine einzige Schäfchenwolke war auszumachen.

»Bestes Wetter, um Golf zu spielen«, meinte Pfeiffer.

Er qualmte zufrieden blaue Rauchwolken durch das offene Fenster seines Dienstwagens und grinste.

»Vielleicht ein wenig zu heiß«, überlegte Holzbaum und überprüfte seinen Gurt.

Es würde nicht mehr lange dauern, dann würde sich Pfeiffers Freude in Geschwindigkeit umsetzen. Etwas, was der gewichtige Kommissar so gar nicht mochte.

»Also fahren wir jetzt zum Golfplatz?« fragte der Hauptkommissar.

»Das wäre angebracht«, nickte Holzbaum.

»Und du bist sicher, dass dieser Busch dort ist?« Pfeiffer sog nochmals kräftig an dem Rest seiner Zigarette und schnippte sie dann aus dem Fenster.

Holzbaum stöhnte laut auf. »Das gehört sich nicht! Und ja, er wird auf dem Golfplatz sein. Die haben heute doch diese Meisterschaft.«

Pfeiffer grinste.

»Bist du angeschnallt?« Der Motor heulte auf.

Die Rubensstadt Siegen lag an dem schönen Fluss Sieg, der sich vom Rothaargebirge durch enge Täler in Richtung Westen schlängelte. Entlang des Flusses hatten sich über Generationen Menschen niedergelassen und die reichlichen Erzvorkommen der Region gefördert, um eine blühende Industrie aufzubauen. Neben den Erzvorkommen wurden die dichten Wälder zur Herstellung von Lohe genutzt, die zum Gerben von Leder gebraucht wurde. Mit der zunehmenden Industrialisierung war die Lederverarbeitung verschwunden und Fördertürme waren in den Himmel gewachsen. Als die Erzförderung in den letzten Jahrhunderten schwieriger wurde, entstanden Metall verarbeitende Betriebe. Mit einem großen Ideenreichtum gesegnet hatten Ingenieure Maschinen entwickelt, die bis heute in alle Welt exportiert wurden. Anstelle von Konzernen waren kleine und große mittelständische Familienunternehmen mit Tausenden von Arbeitsplätzen entstanden.

Pfeiffer lenkte das Auto durch die enge Oberstadt den Kampen hinab, bog in die zweispurige Hagener Straße ein, passierte die Hallen eines alteingesessenen Unternehmens und ordnete sich schließlich links ein, um auf die Hüttentalentlastungsstraße zu gelangen.

»So ein Golfclub«, überlegte er laut, »ist doch etwas Elitäres.«

»Nicht mehr«, antwortete Holzbaum, dem es vor der gut ausgebauten Entlastungsstraße graute.

»Findest du?« Pfeiffer bremste vor einer roten Ampel ab. »Das kostet doch sicher ein Schweinegeld?«

»Wohl kaum«, erwiderte Holzbaum, »wenn sich das ein Angestellter leisten kann.«

»Durch Steuerbetrug meinst du wohl.« Die Ampel schaltete um auf Grün.

»Wir wissen ja noch nicht genau, was das Finanzamt diesem Busch vorwirft«, sagte Holzbaum und konzentrierte sich auf den einfädelnden Verkehr. »Es kann sich dabei um eine kleine Unkorrektheit handeln.«

»Quatsch«, wehrte Pfeiffer ab und gab Gas. »Der hat sicher ein großes Ding gedreht.«

Holzbaum schüttelte den Kopf. Pfeiffers Gehirn neigte dazu, einmal in Fahrt gekommen, wie eine Lokomotive die Gleise entlangzurasen. Richtungsabweichungen waren da unmöglich.

Sie jagten an Industrieanlagen vorbei in Richtung Norden. In der Ferne erblickten sie den Kindelsberg, der hinter der Stadt Kreuztal in den blauen Himmel ragte. Seit man die Hüttentalentlastungsstraße an die Bundesautobahn 4 angeschlossen hatte, gab es eine schnelle Verkehrsverbindung von dem nördlichen Siegerland hinaus in die Welt. Die größte Privatbrauerei Deutschlands im nahen Krombach begrüßte diesen Anschluss genauso wie die vielen ansässigen anderen Unternehmen.

Nach einer kurzen und sehr schnellen Fahrt fuhr Pfeiffer in Kreuztal von der Hüttentalentlastungsstraße ab. Der idyllisch gelegene Golfplatz lag westlich der alten Stadt. Mit gemäßigtem Tempo folgte der Hauptkommissar der

Landstraße 908 durch Fellinghausen. Hinter dem Dorf wechselte er nochmals die Landstraße. Sie überquerten den kleinen Bach Hees, und vor ihnen an der Straße erschien das alte Schloss Junkernhees. Rechts der Straße sahen sie nun die Spielbahn 10, die sich parallel zur Landstraße entlangzog. Es folgte die Ortschaft Mittelhees, in deren Mitte sie auf die schmale Zufahrtsstraße zum Golfplatz abbogen. Durch einen dichten Wald gelangten sie schließlich auf den Parkplatz des Golfclubs.

»Arbeitet denn keiner von denen?« giftete Pfeiffer beim Anblick des halb gefüllten Parkplatzes.

»Die spielen doch heute ihre Meisterschaft aus«, meinte Holzbaum gelassen. »Die haben sich frei genommen.«

»So gut möchte ich es auch mal haben«, schnaufte der Hauptkommissar und stellte den Motor aus.

»Bist wohl neidisch?« lächelte Holzbaum.

»Ach was«, wehrte Pfeiffer ab.

Er griff sich sein Jackett und stieg aus.

»Sieh dir diese Karren an!« pfiff er und streifte das Jackett über.

»Ja, ein alter Fiat, ein in die Jahre gekommener Golf«, sagte Holzbaum und verzichtete auf sein Jackett, »den kann ich nicht zuordnen ...«

»Die Kisten meine ich doch gar nicht.« Pfeiffer ging auf einen Aston Martin zu. »Das ist ein Auto.«

»Und die anderen, was sind die?« Holzbaum konnte die Autobegeisterung von Pfeiffer nicht teilen.

»Das sind Fortbewegungsmittel«, antwortete er abfällig. »Ob der es mit meinem aufnehmen könnte?«

»Wohl kaum«, seufzte Holzbaum. »Neben den 300 PS fehlt ihm das Blaulicht.«

»Hat doch seine Vorteile, Polizist zu sein«, grinste Pfeiffer zufrieden.

Der Kommissar schüttelte den Kopf. Es lief doch immer wieder auf das Gleiche hinaus: Wer hat den Größten in der Hose?

Zahlreiche Spieler und Spielerinnen standen auf dem Puttinggrün und übten ihren Ball einzulochen. Kleine Stangen mit Fähnchen markierten die Löcher. Das Übungsgrün lag unterhalb des Clubhauses, auf das sich die beiden Polizisten zu bewegten. An einem Fahnenmast wehte in einer leichten Brise die Clubfahne. Es herrschte eine angenehme Ruhe über dem Gelände. Zielsicher steuerten sie das Clubsekretariat an. Dort fanden sie Frau Vogelberg, die konzentriert an einem Computer arbeitete.

Sie erkannte die beiden Polizisten wieder und sagte: »Einen Moment, die Herren, ich stehen Ihnen gleich zur Verfügung.«

Eine adrette in Grün gekleidete Spielerin wartete auf ihre *Scorekarte**. Pfeiffer und Holzbaum erkannten Tamara nicht gleich wieder, doch als

* Scorekarte: Spielkarte, DIN A5, die Anzahl der Schläge pro Spielbahn werden dort eingetragen.

sie die beiden Polizisten freundlich grüßte, erinnerten sie sich.

»Frau …«, sagte Pfeiffer.

»… Ortmann«, ergänzte Tamara. »Was führt Sie nochmals hierher?«

»Wir suchen einen Tigram Busch«, lächelte der Hauptkommissar und erfreute sich der angenehmen Erscheinung.

»So?« staunte Tamara, »was wollen Sie denn von ihm?«

»Polizeiarbeit«, wehrte Pfeiffer ab, als wäre es ihm lästig.

»Wird er von Ihnen verdächtigt?« Ihre Stimme begann zu zittern.

»Wir haben nur ein paar Fragen«, versuchte der Hauptkommissar zu beruhigen, doch das gelang ihm nicht.

8

Die Sonne stieg ihrem Zenit entgegen, unbekümmert der menschlichen Probleme, die es – aus ihrer Perspektive betrachtet – auf einem winzigen blau-weißen Punkt in der schwarzen Leere des Universums gab. Ihre energiereichen Strahlen jagten durch die schwarze Leere dem Blauen Planeten entgegen. Sie drangen in die Ionosphäre, schnitten nach schlappen 320 Kilometern in die Mesosphäre und knallten in 50 Kilometern Höhe schließlich in die Stratosphäre, in der sich das schützende Ozon bildete. Doch richtig interessant wurde es für die Strahlen erst in 11 Kilometern Höhe. Dort begann die Troposphäre, der wunderbare Luftmantel, der Leben auf der Erde erst möglich machte. Wenn sie Glück hatten, hinderte sie keine Cirrus- oder Cumuluswolke daran, näher an den Erdboden zu gelangen, wo in einer kleinen Großstadt Namens Siegen zwei Menschen auf einer Holzbank saßen, um die Sonnenstrahlen willkommen zu heißen.

Die Wetterfrösche lagen mit ihrer Vorhersage genau richtig. Langsam kletterte das Quecksilber in Tristans Außenthermometer auf die 30-Grad-Markierung.

»Was willst du jetzt unternehmen?« fragte Helga. Sie hielt eine Tube Sonnenschutzmittel in der Hand.

»Ich weiß es noch nicht«, antwortete Tristan, der in einem weiten, kurzärmligen Hemd und einer Leinenhose seine nackten Füße betrachtete. Daneben lagen zwei braune Halbschuhe.

Marlowe saß auf seiner Schulter und knabberte ihm am Ohr.

»Pfeiffer wird sich diesen Tigram vornehmen.« Helga öffnete die Tube und begann sich die Arme einzucremen.

»Wahrscheinlich«, nickte Tristan schläfrig.

»Und das ist dir egal?« staunte Helga. »Ich meine, wir wissen doch, wie eindimensional Pfeiffer denken und handeln kann.«

»Momentan ja«, antwortete er.

»Es reizt dich überhaupt nicht?« Helga schloss die Sonnencremetube und stellte sie auf den Boden.

»Überleg mal, wie geschickt der Mörder sein muss.«

»Ich verstehe nicht, was du meinst?« fragte Tristan.

»Na was schon?« stöhnte sie, als hätte sie es mit einem Mann zu tun, dem man die Bedeutung der Zahlenfolge auf einem Lottoschein mit der auf dem Fernsehbildschirm erklären musste, wenn diese identisch waren. »Hast du eigentlich eine Ahnung davon, wie schwierig es ist, einen kleinen Ball gezielt zu schlagen?«

Tristan hatte sich bis jetzt noch keine Gedanken darüber gemacht. Er nahm es als Tatsache hin. Aber Helga hatte recht. Wenn es Mord gewesen war, setzte die Tat voraus, dass der Mörder absichtlich gehandelt hatte. Jemandem einen Ball absichtlich an den Kopf zu schlagen, verlangte eine gewisse Geschicklichkeit.

Tristans graue Zellen begannen zu arbeiten und ein weiterer Gedanke kam ihm: Was wäre, wenn der Golfball gar nicht im Teich versunken ist?

Helga sah in Tristans Gesicht und lächelte. Sie kannte diesen grübelnden Gesichtsausdruck: Er bedeutete, dass ihr Freund bereits bei der Arbeit war, ohne es selbst zu merken.

Einen Augenblick drang das sanfte Treiben der Stadt in den Hof, dann klingelte das Telefon und der beschauliche Vormittag war vorbei.

Tristan wurde durch das Klingeln aus seinen Gedanken gerissen.

»Ich geh schon«, sagte Helga, die einen Anruf aus ihrer Pension vermutete.

Marlowe beendete seine Liebkosung und flatterte in einen der nahen Kastanienbäume. Tristan reckte sich, schlüpfte in seine Schuhe und stand ebenfalls auf.

Helga kam zurück und sagte: »Ist für dich.«

»So?« brummte er und schlenderte ins Wohnzimmer, wo das Telefon stand.

»Irle«, sprach er in den Hörer.

Aufmerksam hörte er der Stimme am anderen Ende zu, dann legte er auf.

Nachdenklich ging er zurück zur Bank, wo sich Helga erneut niedergelassen hatte.

»Das war Tamara Ortmann aus dem Golfclub«, sagte er. »Sie hat mich gerade engagiert.«

»Oh«, stieß Helga gar nicht überrascht aus. »Reizt es dich jetzt?«

Tristan musterte seine Freundin, stöhnte und meinte: »Jetzt interessiert mich der Fall ganz sicher.«

3. Der Blick über …

Freitagnachmittag

Der Blick über das Tal entschädigte *Head-Greenkeeper** Herbert jedes Mal für seine harte Arbeit, wenn er auf dem Abschlag der 5. Spielbahn stand. In der Ferne leuchtete der Burgfried der Ginsburg aus einem grünen Meer von Bäumen, das sich über den ganzen Horizont erstreckte. In seinem braun gebrannten Gesicht, das wie bei einem Seemann durch Wind und Wetter gezeichnet war, stachen zwei klare blaue Augen hervor. Andächtig blickten sie über die Landschaft.

Herbert war von Hause aus Landwirt und hatte sich mit Entstehen des Golfplatzes zum Greenkeeper weitergebildet. Statt mit dem Mähdrescher fuhr er jetzt mit mehrschneidigen, riesigen Rasenmähern über die ehemaligen Wiesen. Ihm waren vier weitere Greenkeeper unterstellt, doch die Verantwortung für perfekt gestaltete Abschläge, Spielbahnen und Grüns lag einzig auf seinen breiten Schultern. Er und seine Männer sorgten dafür, dass der Golfplatz bei jedem Wetter bespielbar blieb. Sie waren Angestellte des

---

* Greenkeeper: Gärtner auf einem Golfplatz, der in Deutschland durch eine Meisterausbildung den Beruf Greenkeeper ausüben darf. Der Vorgesetzte einer Greenkeeper-Gruppe wird als „Head"-Greenkeeper bezeichnet.

Golfclubs, und man sah sie so gut wie gar nicht auf der Clubterrasse sitzen. Sie ähnelten den vielen fleißigen Menschen in einem Hotel, die dafür sorgen, dass sich die Gäste wohlfühlen.

Spielführer Anfred Vetter hatte sich mit ihm auf der 5 verabredet. Sie wollten zusammen den Abschlag noch einmal auf Maulwurfshügel hin kontrollieren. Die kleinen Pelztiere wühlten in letzter Zeit gerne rund um diesen Abschlag und warfen fast dreißig Zentimeter hohe Erdhügel auf. Das konnte den Abschlag ernsthaft gefährden. Außerdem sah es nicht gerade gepflegt aus, wie jeder ambitionierte Gärtner bestätigen würde. Doch Herbert fand den Abschlag unversehrt vor.

Da Anfred auf sich warten ließ, kontrollierte er stattdessen die beiden Mülleimer neben dem Abschlag und leerte sie. Anschließend warf er den Müllbeutel auf die Ladefläche eines kleinen zweisitzigen Gärtnerwagens und wartete. Wenige Augenblicke später juckelte der Spielführer mit einem Golfcar neben den Abschlag.

»Und?« fragte Anfred, der aus dem Golfcar sprang und gleich den Abschlag musterte, »das sieht doch gut aus.«

Herbert nickte gelassen, er lehnte an dem Gärtnerwagen und blickte zu Anfred.

»Gibt es sonst noch was zu erledigen?«

Der Spielführer schien einen Moment nachzudenken, dann nickte er und trat an Herbert heran.

»Was machen wir mit dem Wasserhindernis unten an der 12?« fragte Anfred, aber es klang so, als denke er laut.

»Der Teich ist gefüllt«, antwortete Herbert. »Was sollen wir ändern?«

»Ich meine diese schreckliche Markierung«, sagte Anfred. »Könnten Sie die beseitigen?«

Herbert trat einen Schritt vor und streckte seinen Körper. »Die Polizei hat diesen Platz noch nicht freigegeben.«

»Ich weiß«, zischte der Spielführer. »Aber wenn sie, sagen wir, durch Unwissenheit, sozusagen durch Versehen entfernt würde?«

»Wir würden uns strafbar machen«, antwortete Herbert empört.

»Sie stört aber den Spielbetrieb!« Anfred wirkte zunehmend gereizter.

»Erklären Sie es zum Biotop, das nicht betreten werden darf«, schlug Herbert vor. »Wir haben noch die passenden Pfähle, um es zu kennzeichnen.«

Anfred zuckte zusammen. Er hatte nicht gewusst, dass Herbert die Golfregeln so gut kannte. Er warf einen Blick ins Tal und schien etwas abzuwägen. Schließlich drehte er sich wieder zu Herbert um, sah auf seine Armbanduhr und sagte: »Die ersten werden gleich starten. Wechseln Sie die Pfähle aus. Ich werde Frau Vogelberg Bescheid geben. Sie soll auf die Veränderung mit einem Aushang hinweisen.«

»Mach mich gleich an die Arbeit«, nickte Herbert und setzte sich hinter das Steuer des kleinen Wagens.

»Und Sie meinen nicht«, versuchte es Anfred nochmals, »dass wir ...«

»Ohne mich«, wehrte Herbert ab. »Ich setze die Pfähle.«

Der Greenkeeper startete den kleinen Wagen und ließ Anfred am Abschlag zurück.

»Was denkt der sich nur«, brummte er vor sich hin. »Soll er doch selbst die Spuren verwischen.«

Wütend fuhr er zum Lager, lud die Pfähle auf und raste dann Richtung Wasserhindernis. Er musste sich beeilen, die Startzeit rückte unausweichlich näher. Am Clubhaus gab er einen Moment nicht acht und hätte fast einen Oldtimer gerammt, doch der Fahrer hatte für sie beide aufgepasst.

2

Tristan sah den kleinen Gartenwagen kommen und bremste vorsorglich ab. Der Greenkeeper dankte mit Handzeichen, was der Detektiv aus dem Cabriolet freundlich erwiderte. Langsam bog er auf den Parkplatz und rollte zwischen den parkenden Autos vorbei, als würden diese für den Oldtimer Spalier stehen. Tristan fing die bewundernden Blicke von Menschen auf, die gerade ihre Golfsachen aus den Kofferräumen ihrer Autos hoben. Allerdings war sich Tristan nicht sicher, ob sie dem schmucken Automobil aus den 50er-Jahren oder dem weißen Kakadu auf der

Rückbank ihre Bewunderung zollten. Für Marlowe gab es diesen Zweifel nicht.

Er sträubte seinen Kamm und brabbelte: »Zur Arbeit ist kein Bub geschaffen, / Das Lernen findet er nicht schön; / Er möchte träumen, möchte gaffen / und Vogelnester suchen gehen.«

Einige, die Marlowe sprechen hörten, klatschten, was wohl bedeutete, dass sie den Spruch nicht richtig verstanden hatten.

»Das war nicht nett«, schimpfte unterdessen Tristan und parkte das Cabriolet in einer freien Parklücke.

Er stieg aus und reichte Marlowe seinen rechten Arm.

»Wenn wir jetzt da rübergehen«, ermahnte er den Kakadu und deutete auf das Clubhaus, »dann benimm dich.«

Marlowe kletterte über den Arm hinauf bis zur Schulter und machte es sich dort bequem.

Während die meisten anderen auf dem Parkplatz eine Golftasche über die Schulter gehängt hatten, trug der Detektiv Marlowe zum Clubhaus.

Dies weckte die Aufmerksamkeit einer flotten Mittdreißigerin, die in einer fein karierten Shorthose und einem lachsfarbenen Shirt ebenfalls auf dem Weg zum Clubhaus war. Sie schob einen Trolley mit dezenter brauner Golftasche vor sich her und holte Tristan kurz vor dem Clubhaus ein.

»Hallo«, grüßte sie mit einem erfrischenden Lächeln. Und bevor Tristan den freundlichen

Gruß erwidern konnte, schlich sich zwischen zwei perfekten Zahnreihen die Frage heraus: »Fliegt er denn nicht weg?«

»Hallo«, grüßte Tristan erst einmal zurück und sah in zwei braune Augen, die sanft den Blick erwiderten. Dann erklärte er: »Oh, nein, der fliegt nicht weg. Sie müssen wissen, dass Kakadus monogam leben. Sie suchen sich einen Partner fürs Leben und bleiben dann meist ein ganzes Leben zusammen.«

»Das hört sich wundervoll an«, sagte sie mit einem leisen Seufzer und näherte sich Marlowe.

»Passen Sie auf«, warnte Tristan, »manchmal vergisst er seine guten Manieren.«

»Oh, das glaube ich nicht«, antwortete sie mit einem Tonfall, der eine Gewissheit ausdrückte, die den modernen Menschen daran erinnerte, dass es Dinge gab, die sich nicht in Atome oder Einsen und Nullen zerlegen lassen.

Mutig streckte sie die Hand nach Marlowe aus.

Der Kakadu sträubte seinen Kamm, fixierte sie mit seinen Knopfaugen und brabbelte: »Die Haltung stramm und stramm die Hose, / Am Busen eine junge Rose.«

Verdutzt hielt sie einen Moment inne, lachte laut auf, dann streichelte sie Marlowes Brust.

»Danke für das Kompliment«, säuselte sie.

Überrascht stellte Tristan fest, dass Marlowe Gefallen daran fand.

»Ich glaube, er mag Sie«, lächelte Tristan und stellte sich vor.

Sie zog ihre Hand zurück und antwortete: »Loni Lohnstein. Spielen Sie heute mit?«

»Oh, nein«, wehrte Tristan ab, »ich bin wegen einer anderen Sache hier.«

Wieder sahen ihn die braunen Augen an. Loni schien einen Augenblick nachzudenken, dann sagte sie: »Sie sind wegen des Unfalles hier.«

Tristan nickte.

»Es macht wohl wenig Sinn«, fügte er hinzu, »etwas anderes vorzutäuschen.«

»Da stimme ich Ihnen zu«, lächelte sie.

Sie gingen langsam auf das Clubsekretariat zu. Loni begann einige Golfbälle aus ihrer Golftasche herauszunehmen, um sie in einer anderen Tasche wieder verschwinden zu lassen. Tristan sah ihr irritiert zu.

Als Loni das bemerkte, erklärte sie: »Das sind keine guten Bälle. Mit denen will ich nicht während des Turniers spielen.«

»Gibt es da Unterschiede?« fragte Tristan überrascht.

»Und ob!« nickte sie. »Je nachdem, mit welcher Marke Sie spielen, fliegt der Ball weiter oder eben nicht. Mit manchen können Sie besser einlochen und andere fliegen genauer. Das liegt am Kern eines Balles. Gute Spieler und solche, die es gerne wären, spielen immer dieselbe Marke. Tigram und Nico zum Beispiel, aber auch Marek und Claude-Marcel, mit denen ich heute spielen werde.«

»Das ist wohl eine Wissenschaft für sich«, lächelte Tristan.

»Und ob. Wenn ich Ihnen sonst noch weiterhelfen kann?« fragte sie, kurz bevor sie den kleinen Schalter des Sekretariats erreichten.

»Danke, sehr liebenswürdig«, antwortete Tristan. »Vielleicht komme ich später noch einmal darauf zurück. Jetzt bin ich mit Tamara Ortmann verabredet.«

»Oh«, Loni blieb stehen und warnte, »passen Sie bei Tamara auf!«

Sie standen unter einer Überdachung, die die Eingänge der Umkleidekabinen sowie des Clubhauses vor Regen schützte. Zahlreiche Spielerinnen und Spieler hatten ihre Trolleys dort abgestellt.

»Das werde ich«, meinte Tristan.

»Dann bis später.« Sie kraulte nochmals Marlowes Brust und schlenderte am Eingang vorbei in Richtung Übungsgrün.

Tristan sah ihr einen Augenblick nach. Auf den Grün übten einige Spieler wie Marek und Claude-Marcel ihre Bälle einzulochen. Andere vertrieben sich die Zeit, indem sie sich mit Kunststücken Bälle zuspielten.

»Da sind Sie ja endlich«, rief Tamara aufgeregt hinter ihm. »Kommen Sie, dieser Pfeiffer ruiniert noch alles.«

3

Der Jaguar glitt leise über den Asphalt. Im Innenraum spielten die Berliner Philharmoniker „Die Vier Jahreszeiten" von Vivaldi. Natürlich saß das Orchester nicht im Wagen. Julius hatte eine CD in die eingebaute Dolby-Surround-Anlage eingelegt. Die Philharmoniker begannen gerade mit dem Allegro des Herbstes, als der Präsident den Golfplatz erreichte.

Die Suche nach den richtigen Unterlagen hatte ihn letztlich doch mehr Zeit gekostet, als er vermutet hatte. Dass er spät dran war, merkte er, als er den vollen Parkplatz vor sich sah.

»Wenigstens konnte ich Adelheid nochmals daran erinnern, meine Frau zu wecken«, brummte Julius.

Ganz am Ende des Parkplatzes stellte der Präsident schließlich den Jaguar ab. Julius stieg eilig aus, schnappte sich die Unterlagen und ging auf ein schmuckes Holzhaus zu, das früher einmal das provisorische Clubhaus war. Es stand am Rande des Parkplatzes und diente jetzt als Caddie-Schuppen und Aufbewahrungslager für alles Mögliche. Liebhaber schnittiger Sportwagen nahmen diesen Service gerne wahr, da die beengten Kofferraumverhältnisse ihrer Automobile meist nicht genügend Platz für das Sportgerät boten. In gesicherten Boxen wurde das Sportgerät dort im Schuppen aufbewahrt. So musste man nicht ständig Golftasche und Trolley im Auto mitführen, wollte man mal zwischendurch eine Runde spielen.

Julius warf einen Blick auf das Übungsgrün, das mittlerweile von Spielerinnen und Spielern stark beansprucht wurde, und legte nochmals einen Zahn zu. Ihm gefiel es gar nicht, so spät dran zu sein.

Nach einigen Minuten schob er seinen Trolley samt Golftasche dem Clubhaus entgegen und grüßte auf dem Weg ins Clubsekretariat ein Dutzend Vereinskameraden.

Frau Vogelberg stand an dem kleinen Schalter, der ihr Büro mit dem Eingangsbereich verband, und verteilte Scorekarten, als der Präsident ihr Büro betrat.

»Guten Morgen«, grüßte Julius freundlich und legte die mitgebrachten Unterlagen auf ihrem Schreibtisch ab.

»Morgen, Herr Donnerscheid«, erwiderte Frau Vogelberg und wandte sich dem Präsidenten zu.

»Alles in Ordnung?« fragte er.

»Es gab zwei Absagen«, berichtete sie, »was aber keine Auswirkungen auf die Flights hat. Wir können pünktlich starten.«

»Schön«, nickte der Präsident. »Und, haben Sie die gewünschten Unterlagen besorgen können?«

»Ja, sie liegen dort drüben«, Frau Vogelberg deutete auf zwei Ordner.

»Bestens«, nickte Julius, »dann will ich mal die Leute begrüßen.«

Julius stand schon an der Bürotür, als Frau Vogelberg noch etwas Wichtiges einfiel.

»Ach, da wäre doch noch etwas«, sagte sie, »die Polizisten von gestern sind nochmals aufgetaucht.«

Julius zog sich der Magen zusammen.

»Wissen Sie, was die hier wollen?« Seine sonst so feste Stimme begann zu zittern.

»Nein«, antwortete sie, als wären die Polizisten auch nur eines der vielen Probleme, die sie zu lösen gewohnt war. »Ach, vergessen Sie die hier nicht.« Sie griff nach einer Scorekarte und reichte sie dem Präsidenten.

Julius nahm seine Karte entgegen und verabschiedete sich.

Unruhig eilte er ins Clubrestaurant. Gleich im Eingangsbereich begann eine lange Theke, die sich zirka fünf Meter in den Raum zog. Dahinter öffnete sich eine großzügig gehaltene Fläche mit zahlreichen Sitzgelegenheiten. Durch die breiten Fensterreihen drang weiches Sonnenlicht in das Restaurant, das durch ein großzügiges Oberlicht verstärkt wurde. Über zwei große Ausgänge konnte man direkt auf die Terrasse gelangen.

Als Julius das Clubhaus betrat, standen zahlreiche Spieler vor der Theke und scherzten mit den sympathischen Bedienungen, die Chefkoch und Restaurantbetreiber Weude für diesen Tag zusätzlich engagiert hatte. Der Präsident reckte den Hals, um über die Meute hinweg ins Restaurant zu sehen. Plötzlich tauchte Anfred neben ihm auf.

»Diese Polizisten sind wieder da«, flüsterte er dem Präsidenten aufgeregt zu.

»Ich habe es schon gehört«, antwortete Julius und warf erneut einen Blick in den großen Raum.

»Außerdem schleicht auch noch der Detektiv mit deiner Enkelin hier rum.« Man konnte Anfred ansehen, dass ihn die Preisgabe dieser Information besonders freute.

»Was?« Julius runzelte die Stirn. »Was hat Tamara mit diesem Irle zu schaffen?«

»Keine Ahnung«, zuckte Anfred mit der Schulter. »Frag sie selbst, da kommen die beiden.«

Die Leute an der Theke verstummten plötzlich und drehten sich zum Terrasseneingang um. Dort betraten Tamara und Tristan mit Marlowe auf der Schulter das Restaurant. Alle Anwesenden hatten für ein paar Sekunden dasselbe Problem. Ihre Netzhaut sandte Reize an das Gehirn, das diese aber nicht gleich verarbeiten wollte. So brauchte auch der Präsident einen Augenblick, bis sein Gehirn begriff, dass da gerade ein Mann mit einem weißen Vogel das Restaurant betreten hatte.

»Sind wir denn hier in einem Zoo?« schimpfte Julius und bahnte sich einen Weg durch die Meute.

4

Pfeiffer misstraute der freundlichen Art, mit der Tigram geduldig die erste Frage beantwortete. Seit ein paar Minuten verhörten Pfeiffer und Holzbaum den jungen Golfspieler in einer Ecke des Restaurants. Die Beamten hatten Tigram nicht gleich finden können, da er sich zur mentalen Vorbereitung einen ruhigen Platz abseits der Driving-Range gesucht hatte. Erst als er zum Clubhaus zurückgekehrt war, lief er den Beamten in die Arme. Doch in der Zwischenzeit hatte Tamara bereits gehandelt und Tristan zu Hilfe herbeigerufen, der nun, gefolgt von einem aufgebrachten Präsidenten, an Pfeiffers Verhörtisch trat.

»Herr Irle, so sieht man sich wieder«, grinste Pfeiffer. »Nehmen Sie weitere Stunden?«

»Nein«, lächelte Tristan zurück, »die junge Dame hat mich im Fall Theo Euteneuer engagiert.«

»Fall?!« polterte Julius dazwischen, »seit wann ist das ein Fall, meine Herren? Und überhaupt, was machen Sie hier?«

»Herr Irle, möchten Sie es dem Präsidenten erklären«, stöhnte Pfeiffer und kramte eine Zigarettenschachtel hervor.

»Hier ist Rauchen verboten«, merkte Holzbaum an, während sich Tristan an Julius wandte.

»Herr Donnerscheid, es besteht ein begründeter Verdacht, dass Theo umgebracht wurde.«

»Mit einem Golfball!« Julius schüttelte heftig den Kopf. »Sie machen wohl Witze!«

Das ging Pfeiffer jetzt zu weit. Wütend warf er die Schachtel Zigaretten auf den Tisch und knurrte: »Wir sind keine Scherzbolde, Herr Donnerscheid. Wenn Sie nichts zur Aufklärung beitragen möchten, sollten Sie uns jetzt nicht weiter bei der Arbeit stören.«

Julius schluckte, sah zu seiner Nichte und zischte: »Komm mit!«

Tamara blickte verunsichert zu Tigram, der ihr kurz zunickte, dann folgte sie ihrem Opa, der bereits den Tisch mit geballter Faust verließ.

Erst jetzt bemerkten die Zurückgebliebenen, dass es mucksmäuschenstill im Restaurant war.

»Nun verdächtigt mich wohl jeder im Club«, meinte Tigram bedrückt, als an der Theke der Wortschwall langsam lauter wurde.

Tristan setzte sich an den Tisch.

»Wir haben uns noch nicht kennengelernt«, sagte er freundlich. »Tristan Irle, ich bin Privatdetektiv. Frau Ortmann hat mich engagiert. Sie ist anscheinend nicht von Ihrer Schuld überzeugt.«

Ein leichtes Lächeln huschte durch Tigrams Gesicht.

»Wenn ich etwas klarstellen dürfte«, sagte Holzbaum entschieden, »wir sind es ebenso wenig.«

»So!« staunte Pfeiffer, für den der Golfspieler, so unschuldig er sich gab, der ideale Verdächtige war.

»Was wollen Sie dann von mir?« fragte Tigram verwirrt.

»Wir haben Hinweise, die Sie mit Euteneuer in Verbindung bringen«, schnaufte Pfeiffer, der liebend gerne Nikotin zu sich genommen hätte.

»Was für Hinweise?« hakte Tigram nach.

»Oh, ich glaube, die kennen Sie!« zischte der Hauptkommissar.

Tigram blickte zu Tristan.

»Das Finanzamt«, sagte der Detektiv.

Tigram schüttelte ungläubig den Kopf.

»Unsaubere Geschäfte«, brummte Pfeiffer, »Steuerhinterziehung, das sollten Sie noch erwähnen, Herr Irle.«

»Damit habe ich nichts zu tun«, erwiderte Tigram und fügte leise hinzu: »Theo hat mir vor einigen Wochen nur einmal geholfen.«

»Wobei?« stieß Pfeiffer aus.

Tigram schwieg.

»Warum antworten Sie nicht?« grinste der Hauptkommissar.

»Das geht Sie nichts an.« Tigram stand auf. »Wenn Sie mehr nicht haben, dann gehe ich jetzt. Ich muss ein Turnier gewinnen.«

Pfeiffer hätte den jungen Mann liebend gerne verhaftet, doch er wusste, dass ihm dazu noch die nötigen Beweise fehlten.

»Ein schönes Spiel«, wünschte ihm Tristan.

Tigram verließ den Tisch.

»Ein schönes Spiel!« schnaufte Pfeiffer, »was soll denn das?«

»Das sagt man höflicherweise vor einer Runde«, erklärte der Detektiv.

»Höflich bis in den Tod, was!« Pfeiffer hätte sich die Haare raufen können.

»Sie wissen selbst, dass Sie äußerst wenig gegen ihn in der Hand haben«, meinte Tristan gelassen. »War er überhaupt gestern auf dem Golfplatz?«

»Wollen Sie mich beleidigen?« knurrte der Hauptkommissar. »Das haben wir als Erstes geklärt.«

»Er wurde von mehreren Leuten identifiziert«, sagte Holzbaum. »Aber zur fraglichen Tatzeit hat ihn anscheinend niemand gesehen.«

»Das dürfte bei der Größe des Golfplatzes wohl nicht ungewöhnlich sein«, sagte Tristan.

»Ich muss hier weg.« Pfeiffer sprang auf. »Wir sehen uns die Unterlagen des Finanzamtes genauer an«, drohte er, »dann kommen wir wieder.«

5

Tristan blieb mit Marlowe allein am Tisch zurück. Nachdenklich blickte er ins Restaurant. Warum reagierte Tigram so abwehrend auf Pfeiffers Frage? Wenn man Hilfe bekommt, ist dies erst einmal nichts Anrüchiges. Es sei denn, man möchte nicht, dass jemand anderes erfährt, dass man Hilfe in Anspruch nahm. Und wenn diese Hilfe dann noch von jemandem im Club kommt, der etwas zwielichtig scheint, dann konnte Tristan verstehen, dass man das nicht an die große

Glocke hing. Was das Finanzamt anging, so glaubte Tristan nicht, dass Tigram log. Wie Pfeiffer so schnell zu dem Schluss gekommen war, der junge Mann sei ein Steuersünder, musste Tristan noch genauer untersuchen.

Aber Tigram machte nicht den Eindruck eines Dummkopfes. Theo hatte mit Geld ausgeholfen, das war klar. Was den Detektiv viel mehr interessierte: Wofür hatte Tigram dieses Geld gebraucht?

»Darf ich Ihnen etwas bringen?« fragte plötzlich jemand neben ihm.

Er hatte die Bedienung gar nicht bemerkt, so tief war er in Gedanken versunken.

»Oh, danke, nein«, antwortete der Detektiv und stand auf. »Wo sind denn alle plötzlich hin?«

Das Restaurant schien wie ausgestorben.

»Der Präsident hält draußen beim Übungsgrün eine kurze Rede, dann gehen die ersten Flights auf die 1 und die 10«, erklärte die Bedienung freundlich.

»Sie starten nicht alle am selben Abschlag?« fragte Tristan, während Marlowe die langen Haare der Bedienung fixierte.

»Nein, es sind zu viele, das würde zu lange dauern, bis alle durch sind.«

»Aber ist das dann noch fair? Ich meine, es gibt doch bestimmt leichte und schwere Spielbahnen.«

»Morgen wechselt die Startreihenfolge. Wer heute auf der Eins startet, wechselt morgen auf die 10 und umgekehrt.«

»Nun, man wird sich wohl etwas dabei gedacht haben«, lächelte der Detektiv und bemerkte Marlowes Interesse. »Lass die Dame in Ruhe!«

»Er ist süß«, lächelte sie den Kakadu an.

»Wenn er sich einschmeicheln will«, erklärte Tristan, »aber warten Sie mal ab, wenn er einen schlechten Tag hat. Dann wünschte ich mir manchmal einen Hamster als Haustier.«

»So schlimm?« fragte sie.

»Ja«, nickte Tristan und stand auf. »Wen muss ich fragen, wenn ich mich auf dem Platz umsehen möchte?«

»Am besten Frau Vogelberg«, antwortete sie. »Sie organisiert den Spielbetrieb.«

Der Detektiv dankte ihr und machte sich gleich auf ins Sekretariat.

Frau Vogelberg verfolgte durch das offene Fenster ihres Büros die kurze Rede des Präsidenten, als Tristan den Raum betrat.

Sie drehte sich nach ihm um und sagte: »Hallo, Herr Irle. Oh, Sie haben einen Vogel!«

»Ja, das sagt man mir nach«, lächelte Tristan.

»Den Scherz machen wohl viele?« ergänzte sie ein klein wenig verlegen.

»Nein, in letzter Zeit eigentlich nicht mehr«, antwortete der Detektiv.

»Was kann ich für Sie tun?« fragte die Sekretärin und schloss das Fenster.

»Ich habe mir sagen lassen, dass Sie den Spielbetrieb organisieren.«

»Genau genommen machen das die Golfspieler selbst«, erklärte sie bescheiden. »Ich stelle nur die Flights zusammen und greife zusammen mit der Spielleitung ein, wenn ein paar schwarze Schafe meinen, sie müssten nach anderen Regeln spielen.«

»Wenn zum Beispiel jemand alle Zeit der Welt hat und alle anderen hinter sich aufhält, weil er seinen Ball mal wieder ins hohe Gras geschlagen hat und ihn partout nicht aufgeben will«, sagte Tristan. Pro Colin hatte ihm erklärt, dass es auf einem Golfplatz darauf ankam, zügig zu spielen, nicht zu trödeln und keine Pausen auf den Grüns einzulegen. Schließlich war man nicht allein auf dem Platz und andere wollten ebenfalls die Bahnen spielen.

»Genau«, nickte Frau Vogelberg. »Aber nun sagen Sie schon, was Sie auf dem Herzen haben.«

»Ich würde mir gerne nochmals den Tatort am Wasserhindernis ansehen.«

»Jetzt!« staunte die Sekretärin.

»Ja, es wäre wichtig, dass ich vor dem Spiel nochmals einen Blick auf den Ort werfe.«

»Haben Sie Angst, dass Spuren verwischt werden?« meinte sie scherzhaft.

»Das weiß ich nicht«, antwortete Tristan nachdenklich, »aber für den Mörder gäbe es keine bessere Gelegenheit als während des Spiels, nochmals unbemerkt den Tatort zu besuchen, wenn er absichtlich einen Ball ins Hindernis spielen würde.«

»Nein, das stimmt nicht«, erklärte sie. »Spielführer Anfred hat das Wasserhindernis nach Rücksprache mit dem Präsidenten kurzfristig als Biotop gekennzeichnet. Da darf jetzt keiner mehr rein.«

»Macht das Sinn?« fragte der Detektiv, der Zweifel daran hatte, dass der Mörder wegen einer Regel am Betreten gehindert würde.

»Es macht das Loch schwieriger«, antwortete Frau Vogelberg. »Und es bestraft jeden Spieler mit einem Strafschlag, wenn der diese Regel bricht und das Biotop betritt. Sie können sicher sein, dass die Flightpartner darauf achten werden.«

»Das ist interessant«, brummte der Detektiv.

»Wenn Sie trotz der Änderung nachsehen möchten, rate ich Ihnen, gleich loszugehen«, lächelte die Sekretärin. »Später, wenn die ersten Spieler das Grün anspielen, werden Sie dort nicht mehr sicher sein.«

»Danke, dann mache ich mich gleich auf den Weg.«

Tristan öffnete die Bürotür.

»Einen Tipp noch«, sagte Frau Vogelberg, »gehen Sie nicht die 13. Spielbahn hinunter. Nehmen Sie denselben Weg wie gestern von der Driving-Range. So bleiben Sie ungestört, weil ungesehen!« Sie zwinkerte ihm zu.

»Nochmals, danke«, nickte Tristan, »den Tipp werde ich befolgen.«

6

Herbert quälte sich mit den Pfosten ab. Einige steckten tiefer in der Erde, als ihm lieb war. Normalerweise sollten die Pfosten leicht herauszuziehen sein, da sie, je nachdem, wo ein Ball liegen blieb, beim nächsten Schlag im Weg stehen konnten. Die Pfosten an der Böschung ließen sich schnell wechseln, die an dem schmalen Teichufer wehrten sich. Er wechselte gerade den letzten Pfosten aus, als Tristan auf dem 12. Grün erschien.

»Sind Sie neu?« rief Herbert ein wenig ungehalten.

Er hatte so viel Verrücktes mit Golfspielern erlebt, dass ihn – mit Ausnahme einer Leiche – nicht mehr viel schocken konnte. Dass jetzt ein Spieler mit einem Vogel auf der Schulter sozusagen von hinten auf die Spielbahn kam, wirkte neben der weißen Markierung im Wasserhindernis eher belustigend.

»Hallo«, grüßte Tristan freundlich, »nein, ich bin kein Spieler.«

»So!« Herbert ließ den ausgewechselten Pfosten fallen und wandte sich dem Detektiv zu. »Was suchen Sie dann hier?«

»Mein Name ist Irle, Tristan Irle. Ich bin Privatdetektiv«, lächelte er selbstbewusst. »Und Sie, was machen Sie hier?«

»Irle?« wiederholte Herbert laut und man sah ihm an, dass er überlegte. »Irle, der Irle!«

»Ja, wie ich schon sagte: Privatdetektiv.«

»Herbert Meier, Head-Greenkeeper.« Er ging auf den Detektiv zu und reichte ihm die Hand. »Angenehm, Sie kennenzulernen.«

Tristan erwiderte den kräftigen Händedruck. Marlowe nutzte diese Gelegenheit und flog auf.

»Ihr Vogel ist gerade abgehauen«, bemerkte Herbert zögerlich.

»Kakadu«, korrigierte der Detektiv. »Und keine Angst, der kommt wieder.«

Herbert sah Marlowe einen Augenblick hinterher und schüttelte den Kopf.

»Kann ich Ihnen irgendwie helfen?« fragte er schließlich.

»Ich muss da rein«, antwortete Tristan und deutete auf die Böschung.

»Das hat die Polizei verboten«. Sein Tonfall brachte zurückhaltendes Widerstreben zum Ausdruck, während seine Körperhaltung so etwas wie Bereitschaft zeigte, sich überreden zu lassen.

»Wir müssen es vorerst niemandem sagen«, lächelte Tristan über den Rand seiner Halbbrille.

»Hm, man sagt, dass Theo umgebracht worden ist«, brummte der Greenkeeper.

»Sie kannten den Toten?«

»Machen Sie Witze?« grinste Herbert, »den Hallodri kannte doch jeder hier im Club.«

»Hallodri?« hakte Tristan nach.

»Ja, wo Theo war, da gab es was zu feiern.«

»Sie haben da mitgemacht?« wollte Tristan wissen.

»Nur selten«, antwortete Herbert. »Wir Greenkeeper sind nicht allzu oft im Clubhaus, wenn gefeiert wird. Es gehört zu unserem Job, im Hintergrund zu bleiben.«

»Scheint Ihnen nichts auszumachen«, bemerkte Tristan.

»Kein Problem für uns. Aber Theo hat immer mal wieder was springen lassen«, sagte Herbert verschwörerisch. »Wenn Sie wissen, was ich meine?«

Der Detektiv nickte und konnte sich vorstellen, dass ein Kasten Bier und Steaks nicht lange unberührt bei den Greenkeepern blieben.

»Wird uns fehlen, der Mann«, seufzte Herbert.

»Da scheinen Sie der Einzige zu sein, dem es so ergeht«, merkte Tristan an.

»Ach, die anderen waren doch immer nur neidisch auf das viele Geld und die schönen Frauen, die er hatte«, brummte Herbert. »Allerdings soll er eine Schwäche für Tricks gehabt haben.«

»Tricks?« Tristan zog die Augenbrauen nach oben.

»Na, er fand seine Bälle auch noch im tiefen *Rough**, wo andere nichts mehr fanden« erklärte er. »Du nimmst zwei Bälle in die Hand und fuchtelst im Gras herum. Dann hast du nur noch einen in der Hand und wenige Augenblicke später

---

* Rough: Schwer zu spielendes Gelände außerhalb der Spielbahn.

findest du dann plötzlich doch noch deinen Ball. Solche Tricks.«

»Das ist aber nicht sehr ehrenhaft«, empörte sich Tristan.

»Habe ja nicht behauptet, dass er ehrenhaft war«, antwortete Herbert. »Betrog sich in erster Linie ja selbst. Hatte es wohl nötig.«

Ein lautes Horn erschallte über dem Golfplatz.

»Sie sollten jetzt nachsehen«, drängte Herbert. »Die Meisterschaft hat begonnen.«

Tristan ging um den Teich und die steile Böschung hinunter. Herbert folgte ihm.

»Was genau suchen Sie?« fragte er.

»Die Tatwaffe«, antwortete der Detektiv. »Sie würden es einen Golfball nennen.«

»Ah, wenn er nicht in den Teich geplumpst ist, müsste man ihn eigentlich finden.«

»Wollen wir hoffen«, erwiderte Tristan und trat vorsichtig auf die mit Moos bewachsenen Steinbrocken.

Sie durchstreiften langsam die Böschung, ihren Blick auf den Boden gerichtet. Schließlich stand Tristan am Rand des Teiches.

»Sieht nicht gut aus«, stöhnte er nach zehn Minuten Suche.

»Interessant, wie sich so ein Ball im Grünen auflösen kann«, meinte Herbert philosophisch. »Da wird das Sein zum Schein und die Realität bekommt eine völlig neue Bedeutung. Das hat schon manchen Spieler zur Verzweiflung gebracht.«

»Kann ich mir vorstellen«, antwortete der Detektiv niedergeschlagen. »Man müsste die Böschung roden.«

»Oh, dagegen werde ich aber etwas haben«, grinste Herbert. Er stand ein paar Meter weiter fast mit einem Fuß im Teich.

Tristan blickte zu ihm hinüber und wollte gerade die Suche beenden, als er neben Herbert etwas Weißes eine Handbreit oberhalb der Wasserlinie unter einem Grasbüschel liegen sah.

»Drehen Sie sich einmal vorsichtig um«, bat er Herbert. »Liegt da neben Ihrem Fuß ein Ball?«

Der Greenkeeper blickte nach unten und grinste. Was sich über das Verschwinden eines Balles auf einer grünen Wiese sagen ließ, galt auch für das plötzliche Auftauchen der weißen Kugel.

»Ja, das ist ein Ball.« Er bückte sich, um den Ball aus dem Grasbüschel zu klauben.

»Nein«, rief Tristan, »fassen Sie ihn nicht an.«

Herbert zuckte zurück.

»Fingerabdrücke«, erklärte Tristan. »Wenn es die Tatwaffe ist, sollten wir vorsichtig vorgehen.«

Tristan trat neben Herbert und blickte auf den Golfball, als wäre er ein weißes Ei im Osternest.

»Haben Sie eine Idee, wie wir den möglichst schonend herausbekommen?«

Herbert grinste und kletterte die Böschung hinauf, dort stand das kleine Nutzfahrzeug. Einen Moment später kam er mit einer kurzen Stange zurück, an deren Ende ein dreifingriger Greifer befestigt war.

»Eine Ballangel«, erklärte Herbert. »Normalerweise holt man damit Bälle aus dem Teich.«

Mit wenigen Handgriffen verlängerte er die Ballangel teleskopartig.

»Sehen Sie, das Ding ist bis zu fünf Meter lang«, sagte Herbert. Dann schob er sie wieder zusammen.

»Jetzt wollen wir doch einmal sehen, ob wir die weiße Kugel nicht aus dem Büschel herausbekommen«, flüsterte er und führte vorsichtig das Ende mit den Greiffingern zwischen die Grashalme. Ruhig betätigte er den Greifmechanismus und zog den Ball aus den Grasbüscheln heraus.

»Bitte schön«, lächelte Herbert triumphierend und reichte Tristan die Ballangel, »so dürften wir keine Fingerabdrücke vernichtet haben.«

Tristan untersuchte den Ball und meinte einige rote Spuren an dem Ball erkennen zu können.

»Könnte Blut sein«, brummte Herbert, der sich den Ball ebenfalls ansah.

»Könnte sein«, wiederholte der Detektiv, und im selben Moment kam ihm ein beunruhigender Gedanke. »Was ist, wenn das Theos Ball ist? Dann hilft uns das nicht weiter.«

»Oh, das ist nicht Theos Ball«, sagte Herbert überzeugt.

»Wie können Sie da sicher sein?« staunte der Detektiv. »Es gibt Dutzende von Marken.«

»Ja, aber Theo spielte immer mit seinen eigenen Bällen.«

»Eigene Bälle?« Tristan sah den Greenkeeper verständnislos an.

»Ja, Theo ließ seine Bälle mit einem Greif bedrucken«, antwortete Herbert. »Damit ist eine Verwechslung während des Spiels ausgeschlossen. Wir haben sie übrigens gesammelt, wenn wir welche beim Mähen fanden.«

7

Das Signalhorn schallte durch das Berghäusertal, und damit begann die 10. Offene Clubmeisterschaft des Siegerländer Golfvereins. Auf dem Abschlag der ersten Spielbahn standen Präsident Julius, Tigram und Nico Schmallenberg vom Nachbarverein aus Olpe. Nico war im selben Alter wie Tigram. Er besaß einen athletischen Körperbau und verbrachte viel Zeit auf dem Golfplatz. Das Schicksal meinte es zweifach gut mit dem Unternehmersohn. Neben körperlichen Vorteilen wie blonden Haaren und einem Paar blauer Augen, die aus Gletscherwasser zu bestehen schienen, gehörte er auch noch einer privilegierten gesellschaftlichen Schicht an. Und das war dem ehrgeizigen Mann durchaus bewusst.

»Ein schönes Spiel«, brummten die Männer fast gleichzeitig, dann *teete** Tigram als Bester

---

* Tee (sprich „Ti"): Bezeichnung für Abschlag; „teete auf" bezeichnet den Vorgang, wenn der Golfball auf das „Tee" (Holzstift, siehe oben) aufgelegt wird. Ja, ich weiß, besonders differenziert ist das nicht, aber bis jetzt hat auch noch keiner behauptet, dass Golfer Sprachkünstler wären.

unter ihnen auf und nannte die Marke seines Balles.

Der Polizeibesuch und Julius' strafende Blicke, als sie sich auf dem Abschlag trafen, beunruhigten ihn mehr, als für ein gutes Spiel gut war. Die Kunst des ersten Abschlags bestand darin, alle Aufregung und alle Erwartungen aus dem Kopf zu verbannen. Nach all dem harten Training wussten Tigrams Muskeln, was sie zu tun hatten, wenn ihnen das Gehirn nicht dazwischenfunkte. Tigram trat zur Seite und versuchte sich zu konzentrierten, während er mehrere Übungsschwünge mit dem Driver machte, um ein Gefühl für den Abschlag zu bekommen. Schließlich atmete er tief ein und stellte sich hinter den Ball. Ruhig fixierte er die Fahne, die, gute 320 Meter entfernt, leicht im Wind wehte. Dann nahm er seine Abschlagposition neben dem Ball ein, überprüfte seinen Griff und schwang den Driver. Mit einem metallenen Geräusch schoss der Ball kerzengerade über die Spielbahn.

»Guter Schlag«, bemerkte Nico anerkennend, nannte ebenfalls die Marke seines Balles und teete auf.

Auch er stellte sich hinter seinen Ball, fixierte die Fahne, sah kurz in den Himmel und zu den Baumkronen, um eventuellen Seitenwind zu berücksichtigen, bevor er ebenfalls in Abschlagposition ging. Sein Schwung wirkte leicht und spielerisch und der Ball flog weiter als Tigrams Ball.

»So weit werde ich wohl nicht schlagen«, sagte Julius anerkennend.

Er teete als Letzter mit dem schlechtesten Handicap der Gruppe auf. Auch er nannte die Marke des Golfballs. Wie sich herausstellte, benutzten sie unterschiedliche Balltypen. Damit schien eine Verwechslung ausgeschlossen. Dann wiederholte sich das Prozedere.

Julius stellte sich ebenfalls in Position und schlug. Wie der Präsident richtig vermutet hatte, landete sein Ball gute 50 Meter vor den Bällen der beiden besten Spieler.

»Dann mal los«, meinte der Präsident und verstaute seinen Driver in die Golftasche.

Mit dem Abschlag war er ganz zufrieden, zumal seine Gedanken im Moment nicht auf der Spielbahn weilten, sondern im Clubsekretariat, wo Frau Vogelberg einen delikaten Auftrag erledigen sollte, den er ihr kurz vor dem Turnierbeginn noch gegeben hatte. Julius verlangte viel von ihr, denn solange noch nicht alle Teilnehmer gestartet waren, würde die Clubsekretärin immer wieder gestört werden, was ihr die Arbeit nicht gerade erleichterte. Der Präsident war aber guter Hoffnung und würde nach den ersten neun Löchern eine kleine Pause nutzen, um bei ihr reinzuschauen.

Sie gingen in Richtung Fahne.

»Habe etwas Merkwürdiges im Clubhaus gehört«, begann Nico auffallend unauffällig ein Gespräch und sah dabei zu Julius.

»So?« lächelte der Präsident, der gerne gesehen hätte, dass Nico mit seiner Enkelin anbandelte.

»Theo soll es erwischt haben«, plauderte er weiter, als bestellte er ein Mittagessen.

»Das ist wahr«, nickte Julius ernst, »irgendjemand hat ihm einen Golfball an den Kopf geschlagen.«

»Na ja, ich sage ja immer, dass Golf ein gefährlicher Sport ist«, grinste er ausgelassen.

»Pietätvoll ist das aber nicht«, sagte Tigram angewidert.

»Was soll's«, lächelte Nico und zwei strahlend weiße Zahnreihen blitzten auf, »er wird es uns nicht mehr übel nehmen können.«

Tigram verkniff sich einen weiteren Kommentar und steuerte seinen Ball an.

Im Golfspiel wird der Ball, der am weitesten von der Fahne entfernt liegt, nach dem Abschlag als Erster gespielt. Etikette und Sicherheit verlangten von allen Spielern, dass sie auf der Höhe des zu spielenden Balles stehen blieben. Damit irritierte man die Mitspieler nicht und stand in den meisten Fällen außerhalb der Flugbahn des zu schlagenden Balles.

Der Präsident hatte seinen Abschlag etwas verzogen, und so lag der Ball links auf der Spielbahn. Julius steuerte die weiße Kugel an, während Nico und Tigram geradeaus weitergingen.

»Und, bist du gut drauf?« fragte Nico, als sie allein waren.

»Wird man sehen«, antwortete Tigram kalt.

»Habe gestern beim Üben hier ein *Birdie** gespielt«, plauderte Nico weiter. »Denke bloß nicht, dass du den Sieg geschenkt bekommst.«

»Denke ich nicht«, antwortete Tigram.

Julius erreichte seinen Ball. Nach einer kurzen Überlegung zog er ein Eisen 4 aus der Golftasche und stellte sich in Position. Er machte ein paar Probeschwünge, dann schlug er den Ball bis kurz vor das Grün.

»Super Schlag«, lobte Nico den Präsidenten, der es dankend entgegennahm.

»Bei so viel Schmiere«, zischte Tigram, »muss man achtgeben, nicht auszurutschen.«

»Bin nur höflich«, erwiderte Nico und ging weiter. »Man weiß ja nie, wozu das noch nützlich sein kann.«

Tigram schüttelte den Kopf.

Schweigend gingen sie zum nächstliegenden Ball. Tigram kontrollierte als Erstes die Marke des Balls, und als er sicher war, dass es sich um seinen Golfball handelte, blickte er zu den Baumkronen, die sich leicht im Wind hin und her bewegten.

Leichter Gegenwind, dachte er und griff nach einem Eisen 9, ließ es aber wieder los und nahm eine Nummer größer, ein Eisen 8. Er wollte das Grün direkt anspielen, ungeachtet der Bunker, die das Grün links und rechts verteidigten.

---

* Birdie: Mit einem Schlag weniger eingelocht als vorgegeben. Beispiel: Eine Spielbahn, die mit einem Par 4 (vier Schläge) vorgegeben ist, wird mit drei Schlägen gespielt.

Nico hatte nichts anderes erwartet. Was ihn allerdings beunruhigte, war Tigrams Schlägerwahl. Eisen 9 und 8 gehörten zu den *kurzen* Eisen. Einen Ball damit 120 Meter weit zu schlagen, da musste man schon ganz gut hinlangen können. Aber mit einem weiten Schlag war es nicht getan. Das Grün bot nur eine Landefläche von knappen fünfzehn Metern im Durchmesser. Würde Tigram den Schläger nur um einige Millimeter verziehen, schlug der Ball neben dem Grün in einen der Bunker. Dieser Schlag würde selbst für Profis eine Herausforderung darstellen.

»Mutig«, brummte Nico, mit der Hoffnung, seinen Mitspieler etwas zu verunsichern.

Doch Tigram wollte gleich am Anfang der Runde die Kräfteverhältnisse deutlich machen. Bewusst ging er das Risiko ein, einen Schlag zu verlieren, sollte er das Grün nicht treffen.

Mit dem Eisen 8 stellte er sich in Position und schloss kurz die Augen. Er verdrängte alle störenden Gedanken und blickte hinüber zur Fahne. Eine stärkere Brise ließ plötzlich die Blätter der Bäume rauschen. Er trat einen Schritt zurück, wartete, bis die Brise durchgezogen war und stellte sich erneut in Schlagposition. Langsam und kontrolliert hob sich der Schläger über Tigrams Kopf und schnellte dann in einer fließenden Bewegung dem Ball entgegen. Er traf den Ball in der Mitte des Schlägerkopfes, kurz bevor ein handbreiter Rasenfetzen dem Ball hinterherflog.

Nico und Julius verfolgten, wie der Ball steil nach oben schoss und in einer perfekten ballistischen Kurve auf das Grün zu hielt.

»Flieg, flieg«, flüsterte Tigram dem Ball hinterher, als eine erneute Brise über die Spielbahn wehte.

Nach einer gefühlten Ewigkeit schlug der Ball am Rand des Grüns ein und rollte bis auf einen Meter an die Fahnenstange heran.

Nico schluckte und lobte diesen Schlag ebenfalls, allerdings klang seine Stimme jetzt nicht mehr so überheblich.

Tigram sammelte den Rasenfetzen, das sogenannte *Divot,* auf und legte ihn in die herausgeschlagene Mulde zurück.

Jetzt stand Nico unter Druck.

8

Einige hundert Meter entfernt ließ Tristan den gefundenen Golfball in eine Plastiktüte fallen, die ihm Herbert besorgt hatte. Sie saßen auf einer Bank vor der Driving-Range. Von der Bank aus blickten sie auf ein Übungsloch und hinüber auf den 13. Abschlag. Sie konnten sogar einen Teil der Böschung von der 12. Spielbahn erkennen. Colin schien eine kleine Pause zu machen, denn niemand außer ihnen befand sich auf der Range.

Der Greenkeeper betrachtete die durchsichtige Tüte und meinte: »Wie wollen Sie beweisen, dass dieser Ball das tödliche Geschoss ist? Ich meine, Fingerabdrücke schön und gut, aber das Ding hier sagt uns nicht, ob es Theos Kopf berührt hat.«

»Wenn wir etwas Glück haben«, antwortete Tristan, »dann sind die roten Spuren Blutreste.«

»Aus denen lässt sich wohl kaum etwas Brauchbares herausholen,« erwiderte Herbert, »oder?«

»DNA-Rückstände«, sagte Tristan. »Wenn das Labor Blutspuren findet, und seien sie auch noch so winzig, wissen wir es.«

»Da haben Sie aber Glück, dass der Ball nicht ins Wasser gefallen ist«, meinte Herbert.

»Selbst dann ließen sich noch kleinste Spuren finden«, erwiderte Tristan.

»Wie das Haar in der Suppe?« grinste Herbert.

»Oh, das Haar wäre – um bei diesem Vergleich zu bleiben – so dick wie ein Tau in der Suppe«, erklärte der Detektiv. »Heute reicht eine Schuppe aus, um einen Verbrecher zu überführen. Das wissen nur noch nicht alle.«

»Na, dieser Spezi«, Herbert deutete auf den Golfball, »hätte wohl sonst das Ding aufgesammelt.«

»Vielleicht hat er es versucht und ihn nicht gefunden.« lächelte Tristan verschwörerisch. »Auf dem Moos hinterlässt man so gut wie keine Fußspuren, wir wissen also nicht, ob er im Hindernis gesucht hat. Was ihm jedoch früher oder später bewusst werden dürfte, ist die kleine Tatsache, dass der Ball eine Tatwaffe ist. Und wie jeder schlaue Mörder weiß, lässt man diese möglichst als Erstes verschwinden.«

»Wird interessant sein«, meinte Herbert, »wer heute alles seinen Ball ins Hindernis schlägt und dann feststellt, dass er es nicht betreten darf.«

»Ja, das dachte ich auch schon«, nickte Tristan. »Bloß werden wir das nicht erfahren, wenn keiner das Hindernis beobachtet.«

»Was wollen Sie jetzt unternehmen?« fragte der Greenkeeper.

»Zuerst muss der Ball zur Untersuchung zur Kreispolizeibehörde. Ich werde ihn hinfahren.«

»Das bedeutet, dass Sie das Hindernis nicht beobachten werden«, sagte Herbert nachdenklich. »Ich selber kann Ihnen da auch nicht helfen. Würde auffallen, wenn ich den ganzen Tag dort rumlungern würde.«

Tristan nickte.

»Vielleicht«, überlegte Herbert, »kann Ihnen Colin weiterhelfen. Von hier kann man zwar nicht zum 12. Grün blicken, aber wenn man auf dem Übungsabschlag steht, der hinter den Abschlagboxen liegt, kann man das Grün gut sehen.«

»Wo ist dieser Übungsabschlag?« fragte Tristan interessiert.

Herbert stand auf.

»Den zeige ich Ihnen«, antwortete er.

Sie gingen an den Abschlagboxen vorbei und standen schließlich vor einem aufgeschütteten Plateau.

»Da oben«, deutete Herbert an.

Tristan kletterte den Hang hinauf und stand auf einem kurz gemähten Übungsabschlag. Von dort konnte er bis zum Teich sehen.

»Das könnte funktionieren«, rief Tristan.

»Sag ich doch«, meinte Herbert. »Jetzt müssen Sie nur noch Colin für die Überwachung gewinnen.«

Wie aufs Stichwort rollte Colin in diesem Moment mit einem kleinen Kastenwagen die Zufahrt hinunter.

»Na, jetzt brauchen Sie mich wohl nicht mehr«, rief Herbert.

»Danke für Ihre Hilfe«, erwiderte Tristan und verließ den Übungsabschlag.

»Wäre schön, wenn Sie mich auf dem Laufenden hielten«, grinste der Greenkeeper und ging zu seinem Wägelchen. »Übrigens, Ihr Kakadu hat sich jetzt schon eine ganze Weile nicht mehr gezeigt.«

»Der treibt sich hier irgendwo herum«, antwortete Tristan gelassen. »Wahrscheinlich amüsiert er sich prächtig.«

Herbert schüttelte ungläubig den Kopf und verließ die Driving-Range.

In der Tat amüsierte Marlowe sich prächtig. Nachdem er ein paar Kreise über dem 12. Grün gedreht hatte, zog es ihn zur Driving-Range. Besonders die weißen runden Dinger, die überall verstreut herumlagen, weckten seine Neugier. Gezielt schoss er auf eines zu und musste bei dem Versuch, es mit dem Schnabel zu greifen, feststellen, dass es sich bewegte. Verdutzt sträubte er seinen Kamm und trat einen Schritt zurück. Nun, Marlowe konnte ein kleiner Dickkopf sein, deshalb wiederholte er den Versuch und wieder schlüpfte der Ball aus seinem Schnabel.

»Laß dir erst die Zähne brechen, / Dann wollen wir uns wieder sprechen«, schimpfte er und attackierte den Ball erneut, doch auch dieser Versuch misslang.

Er probierte es so eine ganze Weile, bis er auf die Idee kam, seine Krallen einzusetzen. Dieses Mal entkam der Ball nicht und Marlowe flatterte triumphierend mit den Flügeln. Das neue Spielzeug musste er unbedingt seinem Herrchen zeigen, und so startete er mit der Beute, um Tristan zu suchen.

Der unterhielt sich mit Colin, als Marlowe über die Abschlagboxen geflogen kam. Der Kakadu erkannte sein Herrchen und flog einen Kreis, dann fixierte er Tristans Schulter. Doch dieses Mal hielt er in seinen Krallen den Golfball, was eine Landung so gut wie unmöglich machte.

Tristan sah, wie sein Haustier den Kreis flog und ahnte, dass es zur Landung ansetzen wollte. Dann erkannte der Detektiv, dass Marlowe etwas in den Krallen hielt, und begann wild mit den Händen zu gestikulieren. Das alles wirkte auf Colin äußerst verwirrend, zumal Marlowe hinter seinem Rücken anflog. Viel zu spät drehte der Pro sich um. In diesem Moment erkannte der Kakadu instinktiv, dass er sich alle Flügel brechen würde, wenn er den Ball nicht fallen ließ.

Marlowe ließ los und Tristan verfolgte, wie die weiße Kugel in einem schönen Bogen Richtung Colins Kopf fiel. Der Kakadu landete sicher auf Tristans ausgestrecktem Arm, während eine Sekunde später der Pro Marlowes erstem Bombenangriff zum Opfer fiel.

Colin packte sich erschrocken an den Kopf und Marlowe plapperte: »Fast täglich tönte sein Geschrei: / Viktoria, ein Ei, ein Ei!«

Allen Schmerz vergessend, starrte Colin den weißen Kakadu an.

»Der spricht!« Colin rieb sich mit der Hand über den Kopf.

»Entschuldigen Sie die Attacke«, sagte Tristan besorgt. »Das ist Marlowe, mein Haustier.«

»Ein gefährliches Haustier«, brummte der Pro verdutzt und hob den abgeworfenen Golfball auf. »Lässt mir doch einen meiner eigenen Range-Bälle auf den Kopf fallen!«

»Dafür bitte ich nochmals um Entschuldigung«, antwortete der Detektiv, »das hat er noch nie gemacht.«

»Ihm fehlten wohl die Golfbälle«, lächelte Colin und fixierte Marlowe. »Range-Bälle dürfen nicht außerhalb der Driving-Range gespielt werden, das gehört sich nicht.«

Marlowe sträubte seinen Kamm und flatterte mit den Flügeln.

»Ich denke«, sagte Tristan, »er hat es verstanden.«

Colin nickte.

»Was Ihr Anliegen angeht, wenn Sie nicht mehr von einem Unfall ausgehen, dann werde ich Ihnen helfen«, sagte er ruhig. »Ich werde das Wasserhindernis mal im Auge behalten. Aber es wird Lücken geben, in denen ich mich um meine Schüler kümmern muss.«

»Das ist mehr, als ich erwarten durfte«, erwiderte Tristan erfreut.

»Wann nehmen Sie die nächsten Stunden?« hakte der Pro nach.

»Mal sehen«, lächelte Tristan, »jetzt habe ich erst einmal etwas anderes zu tun.«

»Dann klären Sie den Fall schnell«, antwortete Colin. »Die Golfschläger laufen Ihnen nicht weg.«

»Anders als die Golfbälle, was?« scherzte Tristan und verabschiedete sich.

Nachdenklich ging er von der Driving-Range hinauf zum Clubhaus. Das im Countrystil gebaute Haus schmiegte sich sanft an den kleinen Hang, der bis zur Driving-Range reichte. Tristan bemerkte, dass das hektische Treiben rund ums Clubhaus durch eine angenehme Ruhe ersetzt worden war. Die Spielerinnen und Spieler, so vermutete er, verteilten sich jetzt auf den 18 Spielbahnen des Clubs. Die wenigen Menschen, die die Terrasse bevölkerten, waren Gäste und Clubmitglieder, die nicht an der Meisterschaft teilnahmen.

Mit Marlowe auf der Schulter und dem gefundenen Golfball in der Tasche schlenderte er zu seinem Oldtimer.

9

Spielführer Anfred Vetter kutschierte mit einem Golfwagen gerade von der 9. zur 10. Spielbahn, als Tristan in seinen Borgward einstieg. Er verfolgte mit Erleichterung, wie der Detektiv den Parkplatz verließ. Anfred spielte selbst nicht mit. Als Spielführer übernahm er bei dem Turnier auch die Funktion des Schiedsrichters.

Das Golfspiel wird durch eine Reihe von Regeln bestimmt, deren älteste bereits in einem 1575 in Köln erschienenen Buch veröffentlicht worden waren. Schon vor vierhundert Jahren galt die Urregel, dass der Ball so gespielt werden muss, wie er liegt. Mit der Zeit kamen Erleichterungsregeln hinzu. So darf heute ein Ball, der zum Beispiel auf einem Weg liegen bleibt, in den meisten Fällen straffrei in eine bessere Position *gedroppt** werden. Im Turnier ist jeder Spieler auch Schiedsrichter, denn jeder Spieler ist auch gleichzeitig *Zähler***. Er notiert die Schlagzahl seines Mitspielers auf der Grundlage der Golfregeln.

Es kommt aber schon einmal vor, dass sich Spieler und Zähler in der Auslegung der Regeln

---

* drop (engl.) fallen: Einen Golfball mit ausgestrecktem Arm fallen lassen.

** Zähler: Im Golfspiel zählt immer ein Mitspieler (Zähler) die Schläge des Spielers. Die Turnierleitung legt fest, wer wen zählt. Beide (Zähler und Spieler) müssen die Scorekarte nach der Runde unterschreiben. Bei Unstimmigkeiten über die zu notierende Schlagzahl entscheidet die Spielleitung.

nicht einig sind. Da es den Spielverlauf stark verzögern könnte, wenn man per Handy den Spielleiter herbeiriefe, gibt es die Möglichkeit, einen sogenannten Regelball zu spielen. Das ist die faire Methode, Unstimmigkeiten wie ein Gentleman zu regeln. Der erste Ball wird nach Regelauslegung des Zählers bis zum Einlochen gespielt, und gleichzeitig darf der Spieler den zweiten Ball nach seiner Regelauslegung zusätzlich bis zum Einlochen spielen. Beide Schlagzahlen werden in die Scorekarte eingetragen. Die endgültige Entscheidung, welcher Ball nach der korrekten Regelauslegung gespielt wurde, trifft später dann die Spielleitung.

Da solche Unstimmigkeiten emotionalen Druck unter den Spielern aufbauen können, hatte Anfred es sich zur Gewohnheit gemacht, während eines Turniers die Flights abzufahren und gegebenenfalls regulierend auf Zähler und Spieler einzuwirken. Bis jetzt hatte Anfred keine nennenswerte Unstimmigkeit zu regeln gehabt. Deshalb genoss er die Fahrt über den befestigten Waldweg, der die beiden weit auseinander liegenden Spielbahnen 9 und 10 verband. Der dichte Wald spendete bei den hohen Temperaturen einen angenehmen Schatten, und zusätzlich kühlte der leichte Fahrtwind den Spielleiter.

Die 10. Spielbahn, ein Par 4, lag parallel zur Landstraße nach Junkernhees. Man schlug von einer Anhöhe hinunter, die mit Obstbäumen, zahlreichen Brombeersträuchern und Ginster bepflanzt war. Die gesamte Spielbahn war einzusehen, und hinter dem Grün ragten die spitzen Türmchen des Schlosses hervor, das dem einige hundert Meter weiter an der Straße liegenden Ort den Namen gab. Betrachtete man die Spielbahn von der Anhöhe, wie sie sich in sanften Wellen hin zum Grün ausbreitete, die Weite des Tals mit seinen Auen rechts der Landstraße, auf denen im Sommer Pferde grasten, und den Ausläufern des Rothaargebirges in der Ferne, dann erlag man dem Charme des anspruchsvollen Golfplatzes. Doch Achtung, die Spielbahn hatte es in sich!

Mit 360 Metern gehörte sie zwar nicht zu dem längsten Par 4, doch die Anhöhe und die Weite des einzusehenden Raumes unterschätzten viele Golfspieler. Die Spielbahn wirkte breiter, als sie es in Wirklichkeit war. Links des *Fairways** wuchs ein langer Hain, der die 10. Spielbahn von der 11. abgrenzte. Rechts des Fairways lagen zwei Sandbunker und große Wiesen, in denen ein Golfball hoffnungslos verloren ging. Das alles konnte man vom Abschlag aus einsehen, dennoch schien die Bahn dazu einzuladen, den Ball mit einer gewissen Gedankenlosigkeit und voller Wucht in den Himmel zu schießen. Spätestens wenn der Ball nach rechts ausbrach, begriffen die Spieler, dass Schönheit immer ihren Preis hat. Erfahrene Spieler schlugen deshalb ihren

---

* Fairway: Die gemähte Fläche zwischen Abschlag, Grün und Rough.

Ball nach links in Richtung der Parallelbahn, denn von dort konnten sie weiterspielen, sollte der Ball auf der entgegenkommenden 11. Spielbahn landen.

Als Anfred den Abschlag erreichte, wartete ein Flight darauf, dass sich die Gruppe vor ihnen aus dem Schlagbereich entfernte. Momentan stelzte die Gruppe durch das hohe Gras rechts des Fairways auf der Suche nach ihren Bällen. Zum Glück hatten sie alle einen zweiten Ball gespielt, die deutlich von der Anhöhe auf dem satten Grün zu erkennen waren. Da jeder der Spieler einen Strafschlag kassierte, wenn sie den ersten Ball nicht weiterspielen konnten, nutzten sie jetzt eine Regel aus, die es jedem Spieler erlaubte, maximal fünf Minuten seinen Ball zu suchen, auch wenn die Aussicht auf Erfolg äußerst gering war und die nachfolgenden Gruppen warten mussten.

»Und, alles in Ordnung?« fragte der Spielführer, Marek Sänger, der unruhig seinen Driver hin und her schwang.

»Wenn die sich da vorne mal beeilen würden«, zischte der braun gebrannte Unternehmer, »ginge es uns besser.«

Mit Marek spielten Loni Lohnstein und ein Mitglied der ersten Stunde, der pensionierte Richter Claude-Marcel Weber.

Loni stand neben dem Abschlag und säuberte ihre Bälle, während Claude-Marcel gelassen einen Zigarillo rauchte.

»Er ist etwas angefressen«, lächelte der pensionierte Richter. »Hat ein *Bogey** auf der Neun gespielt.«

»Aber nur, weil du darauf bestanden hast, dass ich den Ball so spielen musste, wie er lag«, knurrte Marek.

Anfred sah Claude-Marcel fragend an.

»Du kennst doch die Senke vor dem 9. Grün«, erklärte er. »Da hat sich sein Ball eingebohrt. Er meinte, den Ball besser legen zu dürfen, was ich verneint habe. Ich bot ihm an, einen Regelball zu spielen, aber das lehnte er ab, weil er zurück zum Abschlag hätte laufen müssen, den Berg hinauf.«

»Claude-Marcel hatte recht«, sagte Anfred zu Marek.

»Ihr steckt doch alle unter einer Decke«, fauchte Marek. Doch als er sah, dass Loni missbilligend den Kopf schüttelte, besann er sich und sagte in einem versöhnlichen Ton: »Sorry, aber manchmal gehen bei mir die Pferde durch.«

»Kein Problem«, antwortete der ehemalige Richter, »wir kennen deinen Ehrgeiz.«

Unten auf der Spielbahn schien die Gruppe die Suche aufzugeben. Nach und nach schlugen die Spieler ihren zweiten Ball und bewegten sich aus dem Schlagbereich.

»Gibt es was Neues über unseren Toten?« fragte Claude-Marcel.

---

* Bogey: Einen Schlag über Par.

»Scheint so, als ginge die Polizei jetzt von einem Mord aus«, antwortete der Spielführer.

»Mord?« wiederholte der Richter, »das ist mal was Neues.«

»Gehört dieser Mann mit dem Kakadu zur Polizei?« fragte Loni, die ihre Bälle zurück in die Golftasche steckte.

»Ein Kakadu?« staunte jetzt Marek. »Wer läuft denn mit einem Vogel herum?«

»Einige«, grinste Claude-Marcel, »aber die wenigsten wohl mit einem lebendigen.«

»Nein, Loni«, antwortete Anfred, »das war ein Privatdetektiv.«

»Ah, ich verstehe«, nickte sie. »Tamara hat ihn engagiert.«

»So?« staunte Anfred. »Wie kommst du darauf?«

»Er hat sich vor dem Turnier mit ihr getroffen«, lächelte sie.

»Ich dachte, er wäre hier, weil er gestern den toten Theo gefunden hat«, murmelte Anfred.

»Nein, das glaube ich nicht«, sagte Loni überzeugt. »Tamara schien richtig erleichtert, als sie ihn traf.«

»Interessante Entwicklung«, brummte Claude-Marcel und zog kräftig an seinem Zigarillo.

Marek blickte die Spielbahn hinunter und sagte: »So, jetzt geht's weiter.«

»Wartet noch einen Augenblick«, sagte Anfred. »Ich werde denen da vorne mal etwas Dampf machen.«

»Gute Idee«, nickte Marek und lockerte seine Muskeln. »Dieser Detektiv, treibt der sich noch auf dem Platz herum?«

»Nein«, Anfred startete das Golfcar, »hat sich eben aus dem Staub gemacht.«

10

Pfeiffer blätterte zum dritten Mal den Ordner durch. Es war ein dicker Ordner vom Finanzamt, mit vielen Seiten voll bedruckter Zahlen und Paragrafenkürzeln. Zusammen mit Holzbaum saß er in der Kreispolizeibehörde in Siegen. Die beiden Beamten aus Hagen nutzten ein Büro, das ihnen die Kollegen aus Siegen bereitstellten. Darauf hätte Pfeiffer gerne verzichtet. Seine angeborene Abneigung zur Schreibtischarbeit – von der er in etwa so viel hielt wie von Politikern, im Grunde konnte man auf beides verzichten, da sie sowieso nur die eigentliche Arbeit verhinderten – war eine Sache, dass er sich jetzt auch noch mit Tabellen und Zahlenreihen auseinandersetzen musste, eine ganz andere und die kratzte gefährlich tief in sein Ego.

»Wie soll man hier etwas verstehen?« schnaufte der Hauptkommissar.

»Mit Geduld kommt man weiter«, antwortete Holzbaum, der ebenfalls einen Ordner durcharbeitete. Neben ihm auf dem Schreibtisch stand eine dampfende Tasse mit Tee, und auf einem kleinen Teller lag ein halb aufgegessenes Brötchen.

»Ich fahre jetzt zu diesem Finanzbeamten«, knurrte Pfeiffer und klappte den Ordner zu, »der kann mir den Kram erklären.«

Holzbaum blickte auf die Bürouhr und sagte: »Du wirst dort niemanden mehr antreffen.«

»Was soll das heißen?« fragte der Polizist. »Machen die freitags um eins dicht?«

»Nein«, grinste Holzbaum wie ein Honigkuchenpferd.

»Ja, was dann?« Der Hauptkommissar besaß eine Menge Eigenschaften, Geduld gehörte leider nicht dazu.

»Personalversammlung«, antwortete Holzbaum und schob ihm ein Begleitschreiben rüber, auf dem ein Beamter des Finanzamtes darauf hinwies, dass Freitag nach 13.00 Uhr kein Ansprechpartner im Büro anzutreffen sei.

»Die können mich mal«, maulte Pfeiffer. »Es geht hier um Mord, da ist mir doch so eine Versammlung egal. Wo findet diese Personalversammlung statt?«

»Wahrscheinlich in der Kantine«, überlegte Holzbaum.

»Kommst du mit?« fragte Pfeiffer und schnappte sich sein Jackett, »oder versuchst du es allein weiter?«

»Geh du«, meinte der Kommissar, »ich halte hier die Stellung.«

»Wie du willst«, nickte Pfeiffer, »wen muss ich mir krallen?«

»Solanis«, antwortete Holzbaum.

»Auch noch ein Ausländer«, frotzelte Pfeiffer und eilte aus dem Büro.

Das Finanzamt lag eigentlich nur einige hundert Meter weiter an derselben Straße wie die Kreispolizeibehörde. Man hätte einen schönen Spaziergang dorthin machen können, doch Pfeiffer zog es vor, seinen Wagen spazieren zu fahren. Dass die Parkplatzsuche letztendlich mehr Zeit in Anspruch nahm als die eigentliche Fahrtzeit, dürfte bei den chronischen Parkplatzproblemen deutscher Städte nicht sonderlich überraschen.

Mit Wut im Bauch eilte er zum Eingang, nachdem er endlich eine Parklücke gefunden hatte. Das Finanzamt, ein Bau aus den Achtzigern, begrüßte an diesem Freitag die Besucher mit großen Hinweisschildern, auf denen in etwa immer das Gleiche stand: Nach 13.00 Uhr wegen Betriebsversammlung geschlossen.

Ein Mann mit graumelierten Haaren blickte in einem Glaskasten auf, als Pfeiffer mit lauten Schritten auf ihn zukam.

»Können Sie lesen?« sprach er den Hauptkommissar an, bevor der seine Frage nach dem Tagungsort loswerden konnte.

Pfeiffers Gemütsverfassung litt schon unter der Parkplatzsuche. Dass ihn jetzt auch noch ein Männchen hinter Glas anmachte, passte wie Zündschlüssel und Schloss einer Raketenabschussanlage. Der Pförtner ahnte nicht, dass er bereits den Schlüssel herumgedreht hatte.

Mit der Gewalt einer Atlasrakete knallte Pfeiffer seinen Ausweis gegen die Scheibe und brüllte: »Wo findet diese Versammlung statt?«

»In der Kantine«, antwortete der Mann kreidebleich.

Pfeiffer schüttelte den Kopf und grollte: »Und wo finde ich die Kantine?«

Der Mann beschrieb ihm den Weg, froh darüber, hinter Glas sitzen zu dürfen. Pfeiffer hörte sich die Wegbeschreibung ruhig an und schien sich dabei ein wenig zu beruhigen. Als der Pförtner schließlich endete, deutete er noch auf einen Aufzug und meinte: »Damit kommen Sie am schnellsten zum Ziel.«

Pfeiffer nickte und eilte zum Fahrstuhl. Er folgte der Wegbeschreibung und stand wenige Minuten später an der Kantinentür. Mit einem Ruck riss er sie auf und stürmte in den Saal. Hunderte von Augenpaaren blickten ihn überrascht an.

Irgendjemand stand an einem Rednerpult und unterbrach seinen Vortrag.

Der Hauptkommissar hielt seinen Ausweis in die Luft und rief: »Pfeiffer, Mordkommission, ich suche Solanis und das pronti!«

»Pronto«, hörte er jemanden antworten.

»Bitte!« knurrte er.

Eine junge, hochgewachsene, schlanke Frau stand auf. »Das heißt pronto.«

»So«, stotterte Pfeiffer, »und wer sind Sie?«

Der Anblick dieser Frau wirkte wie ein Raketenabwehrschild. Pfeiffers Wut zerplatzte.

»Solanis«, antwortete die Frau. »Sie suchen mich.«

Tristan steuerte den Oldtimer auf den Besucherparkplatz der Kreispolizeibehörde. Mit Marlowe auf der Schulter betrat er die Behörde und meldete sich am Schalter der Wache an. Der Beamte telefonierte anschließend mit Holzbaum, der, erfreut über Tristans Besuch, den Detektiv in sein Büro im zweiten Stock bat.

»Kennen Sie sich hier aus?« fragte der Polizist am Schalter und versuchte den Kakadu auf der Schulter des Mannes zu ignorieren.

»Ein wenig«, nickte Tristan. »Wenn's das übliche Büro ist, in dem die Hagener Kollegen residieren, finde ich es.«

»Es ist die übliche Residenz«, grinste der Beamte und öffnete Tristan die elektronisch gesicherte Eingangstür.

Holzbaum kam ihm auf halbem Weg entgegen.

»Hallo, Herr Irle«, grüßte der Kommissar freundlich. »Pfeiffer ist nicht da, aber sicherlich kann ich weiterhelfen.«

Marlowe begrüßte den gewichtigen Holzbaum mit einigen Flügelschlägen. Anders als der wie selig wirkende Pfeiffer, den Marlowe noch nie leiden konnte, mochte der Kakadu die breiten Schultern des Kommissars. Der Kakadu sprang von Tristans Schultern und flatterte zu Holzbaum hinüber. Der Kommissar streckte instinktiv seinen Arm aus, sodass Marlowe sicher landen konnte.

»Tragen Sie ihn ruhig eine Weile«, lächelte Tristan. «Ich habe ihn schon den ganzen Mittag um mich.«

Holzbaum, der auf einem Bauernhof aufgewachsen war, mochte Tiere. Stolz trug er Marlowe durch den Flur zu seinem Büro.

»Was führt Sie in dieses bescheidene Gebäude?« fragte Holzbaum, als sie das Büro erreichten.

Tristan berichtete, was sich nach Pfeiffers hitzigem Abgang auf dem Golfplatz ereignet hatte, und zog die Plastiktüte mit dem gefundenen Golfball aus der Tasche.

»Das hier haben Herbert, der Greenkeeper, und ich am Teichrand des Wasserhindernisses gefunden«, er legte den Beutel auf Holzbaums Schreibtisch. »Wir haben darauf geachtet, keine Spuren zu verwischen.«

»Wollen wir hoffen«, murmelte Holzbaum, »dass Ihnen das gelungen ist.«

Vorsichtig hob der Kommissar den Beutel und hielt ihn ins Licht.

»Die rotbraunen Spuren«, meinte Tristan und deutete auf den Ball, »könnten Blutspuren sein.«

»Wenn das die Tatwaffe ist …«, meinte Holzbaum, während Marlowe sein rechtes Ohrläppchen untersuchte, »… das kitzelt.«

»Ich weiß«, grinste Tristan.

Vorsichtig schob Holzbaum mit seinem linken Zeigefinger Marlowes Schnabel vom Ohr. »Nicht jetzt, Marlowe«, mahnte der Kommissar.

Tristan staunte, dass der Kakadu dem Beamten folgte und zur Mitte der Schulter balancierte.

»Also«, begann Holzbaum erneut, »wenn das die Tatwaffe ist, dann haben Sie einen wichtigen Beweis gefunden. Ich werde den Ball sofort ins Labor schicken.«

»Ich habe nichts anderes erwartet«, nickte Tristan.

In diesem Moment flog die Bürotür auf, und Hauptkommissar Pfeiffer betrat, gefolgt von einer äußerst attraktiven Finanzbeamtin, das Büro.

»Irle!« rief Pfeiffer, »Sie hier!«

Paola Solanis blieb im Türrahmen stehen. Was sie im Polizeibüro erblickte, kollidierte mit allem, was ihr analytischer Verstand bis zu diesem Zeitpunkt in einem Behördenbüro für möglich gehalten hatte. Tristan, immer noch so gekleidet, als wolle er Tiger Woods herausfordern, Holzbaum, dessen Körpervolumen den Raum zwischen Schreibtisch und Bürotür erheblich schrumpfen ließ, und zu allem Überfluss: ein weißer Kakadu, der geradewegs aus dem Paradies entsprungen schien. Dazwischen wuselte ein vor Energie strotzender Pfeiffer wie ein vom Jagdfieber gepackter Terrier.

»Was ist denn hier los?« schoss es aus Paola heraus.

Pfeiffer verstand die Frage nicht und erklärte, als wäre es das Normalste auf der Welt, einen

Kakadu in seinem Büro zu entdecken: »Der Mann im Golferoutfit ist Privatdetektiv Irle, der kräftige Bursche mit dem weißen Teufel auf der Schulter ist mein Partner Kommissar Holzbaum.«

Marlowe flatterte mit den Flügeln, als hätte er bemerkt, dass Pfeiffer ihn auslassen wollte.

»Ach ja, der Vogel gehört zu Irle«, fügte er abfällig hinterher.

»Kakadu«, sagte Tristan höflich und wandte sich der Finanzbeamtin zu. »Sein Name lautet Marlowe.«

»Schön«, stöhnte Paola und betrat vorsichtig das Büro.

»Das ist Frau Solanis, die Finanzbeamtin, die Theos Fall bearbeitet«, erklärte Pfeiffer und schloss die Tür.

»Eine sehr interessante Konstellation«, bemerkte Paola und schob sich an Holzbaum vorbei.

Tristan sah erst jetzt, dass Paola ein Notebook unter dem Arm hielt.

»Wo darf ich mich setzen?« fragte sie.

Pfeiffer bot Paola seinen Schreibtisch an, dann erklärte er den anderen, was er der Finanzbeamtin bereits auf dem Weg ins Polizeirevier mitgeteilt hatte.

Paola stellte das Notebook auf dem Schreibtisch ab und betrachtete nachdenklich die Männer.

»Gibt es ein Problem?« fragte Holzbaum.

»Herr Irle, Sie sind eine Privatperson«, antwortete sie.

Tristan nickte.

»Das ist ein Problem«, sagte sie entschieden.

»So?« grinste Pfeiffer, dem das anscheinend gefiel.

»Die Daten, die Sie von mir verlangen«, begann sie ruhig zu erklären, »sind streng vertraulich und ganz sicher nicht für Privatpersonen bestimmt.«

»Nun, früher oder später«, antwortete Tristan selbstbewusst, »werde ich diese Daten sowieso erhalten. Warum nicht früher?«

Paola stutzte.

»Herr Irle genießt einen besonderen Status«, versuchte Holzbaum zu erklären.

»Status?« Ihre großen, braunen Augen fixierten den Kommissar.

»Das ist nicht der erste Mordfall, bei dem Herr Irle der Polizei hilfreich zur Seite steht«, antwortete Holzbaum.

»Was er damit sagen will«, polterte Pfeiffer, dem das Ganze viel zu langsam voranging, »Irle auszuschließen wird Ärger verursachen, den wir uns sparen sollten.«

»Sie meinen, dass Sie Ärger bekommen werden?« lächelte sie kalt.

»Den wir an Sie weitergeben würden«, erwiderte Pfeiffer mit einem Lächeln. Wer zur Polizeitruppe gehörte und dieses Lächeln kannte, hätte Paola in diesem Moment aus dem Büro gezerrt und sie irgendwo in Sicherheit gebracht, zum Beispiel auf dem nächsten Kontinent.

Die Finanzbeamtin blieb jedoch unbeeindruckt.

»Schöne Frau«, zischte Pfeiffer gereizt, »wir können Staatsanwalt Büdenbender anrufen, der wird Ihren Direktor anrufen und der dann wieder Sie. Es ist Freitagnachmittag, das Ganze wird Zeit brauchen, die wir nicht haben. Sollte uns der Mörder deswegen entwischen, dann bekommen Sie den Ärger.«

Paola ließ sich die Worte durch den Kopf gehen, dann sagte sie: »Okay, ich werde Ihnen, was Herrn Irle betrifft, unter Protest helfen. Wir beginnen, während jemand diesen Büdenbender anruft.«

»Was?!« fauchte Pfeiffer, dem es eigentlich gar nicht gefiel, Büdenbender zu benachrichtigen, wo der Staatsanwalt doch bis jetzt so angenehm abwesend blieb.

»Das ist der Deal«, lächelte sie.

»Holzbaum!« Pfeiffer kramte eine Zigarettenschachtel aus dem Jackett, »ruf an!«

4. Der Schweiß drang …

Freitagabend

Der Schweiß drang aus allen Poren und hatte Tigrams Hemd durchnässt. Er stand auf dem letzten Grün und zupfte sich sein Hemd zurecht. Es war wie erwartet ein hartes Match geworden. Loch um Loch hatten sie um die Führung gekämpft, und erst jetzt, am letzten Loch, würde sich das Spiel entscheiden. Wenn er seinen Ball mit einem Puttschlag einlochen konnte, dann ging er mit einem Schlag Vorsprung vom Platz. Nico und der Präsident hatten das Loch bereits gespielt. Sie beobachteten Tigram vom Rand des Grüns.

Tigram hatte seinen dritten Schlag über die Fahne geschlagen. Sein Ball lag nun am äußersten Rand des Grüns, das von dieser Position leicht abfiel. Das Loch lag in der Mitte des Grüns. Der Ball würde bergab auf das Loch zurollen. Eine schwierige Position, da man bei einem zu festen Schlag riskierte, den Ball weit über das Loch hinauszuschlagen.

Das Grün lag außerdem in einer Senke, durch die ein Bachlauf führte. Die erhöhte Luftfeuchtigkeit legte sich wie Feenstaub über das Gras und machte es langsam, wenn die Sonne hinter den hohen Bäumen einen breiten Schatten warf, was seit einer halben Stunde der Fall war. Tigram griff seinen *Putter** und kniete sich hinter seinen Ball. Mit der flachen Hand strich er über das kurz gemähte Gras und spürte die Feuchtigkeit. Er versuchte seine Anspannung in den Griff zu bekommen und konzentrierte sich auf seine Atmung. Dann sah er auf das Loch. Er wusste, dass das Grün zum Bachlauf abfiel, doch erst jetzt bemerkte er, dass das Loch auf einem kleinen Hubbel lag. Wenn der Ball nicht genügend Geschwindigkeit haben würde, lenkte dieser Hubbel den Ball links oder rechts am Loch vorbei. Diese Erkenntnis machte es ihm nicht leichter. Bis zum Loch waren es gute sechs Meter, doch Tigram hatte während der Runde mehrmals über diese Entfernung eingelocht. Das gab ihm jetzt genügend Selbstvertrauen, um den letzten beherzten Schlag zu führen.

Er richtete sich auf und stellte sich in Position. Jetzt war der Hubbel nicht mehr zu erkennen, doch er wusste, dass er da war. Tigram zielte auf die Mitte des Lochs. Er überprüfte routinemäßig seinen Griff, dann gab er dem Ball einen kräftigen Schubs mit dem Putter.

Nico hätte bei dem Schlag am liebsten einen lauten Freudenschrei ausgestoßen. Der Ball beschleunigte viel zu schnell und er sah ihn bereits am Loch vorbeischießen, als der Ball trotz

---

* Putter: Schläger für das Spiel auf dem Grün, um den Ball in das Loch zu bugsieren. Es gibt unzählige Typen, je nach Spielertyp.

Schräglage des Grüns plötzlich an Fahrt verlor und geradewegs auf das Loch zurollte. Er wurde plötzlich so langsam, dass selbst Tigram den Atem anhielt. Dann erreichte die weiße Kugel den Hubbel, erklomm ihn und kullerte ins Loch.

»Ja!«, stieß Tigram laut aus und alle Anspannung fiel von ihm ab.

Er fischte seinen Ball aus dem Loch und steckte die Fahne ein. Dann bedankten sich die Männer, wie es Sitte war, für das gemeinsame Spiel.

Zusammen verließen sie das 18. Grün und schritten langsam zum Clubhaus. Wie zu erwarten war, lag der Präsident abgeschlagen hinter den Favoriten. Doch Julius schien mit seinem persönlichen Ergebnis ganz zufrieden zu sein. Tigram hatte während des Spiels den Eindruck gewonnen, dass Julius nur halbherzig bei der Sache war. Richtig deutlich wurde es in der zweiten Hälfte seines Spiels, nachdem er frustriert vom Clubhaus zurückkam.

»Lasst uns die Scorekarten auf der „Lügenbank“ vergleichen«, brummte der Präsident und eilte vorneweg.

Die „Lügenbank“ stand unweit des Clubhauses und hatte diesen Spitznamen erhalten, weil es der letzte Ort war, an dem die Spielergebnisse korrigiert werden konnten. Natürlich war diese Bezeichnung für jeden ehrlichen Golfer eine Beleidigung, und deshalb mochte Tigram diesen Spitznamen überhaupt nicht. Aber irgendwie hatte sich der Name durchgesetzt und vielleicht half die Bezeichnung, ähnlich den Dämonenköpfen an einem Dom, die Lüge fernzuhalten. Wer so vom Ehrgeiz zerfressen war, dass er beim schönsten Spiel der Welt betrügen musste, der war eine arme Kreatur, auch wenn er einen dicken Wagen fuhr. Julius und Nico sahen das ähnlich, persönliche Differenzen hin oder her.

Sie setzten sich und zogen ihre Scorekarten hervor. Jeder hatte die Schläge des anderen gewissenhaft notiert, und so gab es beim Vergleich der Schlagzahlen mit den eigenen Notierungen und denen der Zähler keine Unstimmigkeit. Sie unterschrieben die Karten, und Julius zeigte sich bereit, sie im Sekretariat abzugeben.

»Dann wird es morgen zur Entscheidung kommen«, sagte Nico enttäuscht, während sie den kleinen Weg zum Clubhaus hinaufgingen.

»Wann denn sonst«, entgegnete Tigram dem Unternehmersohn, der erst jetzt merkte, dass er Müll geredet hatte.

»Sei nicht so überheblich«, warnte Nico, »ein Schlag ist bei 18 Löchern gar nichts.«

Nico hatte natürlich recht, aber Tigram hatte das ganze Spiel über dumme Anmerkungen von Julius und Nico ertragen müssen, sodass er jetzt ein Ventil brauchte. Mit einem Schlag weniger in den zweiten Tag zu gehen, das war alles andere als ein beruhigender Vorsprung.

»Ruh dich gut aus«, antwortete Tigram selbstbewusst, »morgen lasse ich dich nicht mehr an mir vorbeiziehen.«

»Man wird sehen«, höhnte Nico leise und setzte dann ein schmieriges Lächeln auf, »ich werde mir jetzt eine heiße Masseuse suchen.«

Sein Blick glitt über die Clubterrasse, auf der nach und nach die Spielerinnen und Spieler eintrafen.

»Dann viel Glück«, antwortete Tigram amüsiert und sah sich nach Tamara um.

Julius' Enkelin hatte die drei schon von der Terrasse aus beobachtet. Sie war mit ihrer Gruppe schneller unterwegs gewesen und kurz vor den dreien im Clubhaus eingetroffen. Tamara hatte zusammen mit Jaqueline Sänger und einem Ulli gespielt, den sie vor dem Spiel noch nicht kannte. Als sie jetzt Tigram und Nico die Terrasse betreten sah, ging sie langsam auf die beiden zu.

»Hallo, schöne Frau«, grüßte Nico und nahm die zierliche Tamara unvermittelt in die Arme.

Sie ließ es über sich ergehen und blinzelte Tigram zu.

»Und wie hast du gespielt?« fragte Nico, während er sie noch an den Armen festhielt.

Tamara löste sich galant und antwortete: »Eine 82.«

Tigram lächelte, das war für seine Freundin ein sehr gutes Ergebnis.

»Eine 82!« Nico besaß etwa so viel Empathie wie eine Auster, und da Frauen für ihn teure Spielzeuge waren, grinste er: »Das kannst du doch besser.«

Oh Mann, ist der peinlich, dachte Tigram.

Tamara wusste mit Nicos Art umzugehen und meinte: »Ich werde mich bemühen, morgen besser zu sein.«

»Na, das ist mein Mädchen«, protzte Nico und versuchte Tamara einen Kuss zu geben.

»Na, na«, wehrte sie ihn ab. »Nicht so stürmisch.«

Sie trat demonstrativ einen Schritt zurück, sodass auch Nico verstand und sie in Ruhe ließ. »Und wer von euch beiden führt?« fragte sie schließlich aufgeregt.

»Dein Clubkamerad führt mit einem Schlag«, antwortete Nico, ohne seine Zähne dabei weit auseinanderzubewegen. Man hörte sie förmlich übereinanderreiben.

»Oh, dann hat dieser Mann einen Drink verdient.« Sie hakte sich bei Tigram unter und gab ihm einen verstohlenen Kuss auf die Wange.

»Aber vorher solltest du duschen«, flüsterte sie ihm ins Ohr.

»Am liebsten mit dir«, antwortete Tigram.

2

Es war erstaunlich, wie schnell Oberstaatsanwalt Friedrich Büdenbender vom Gerichtsgebäude, das einige Kilometer im Zentrum der Stadt Siegen stand, an einem Freitagnachmittag zur Kreispolizeibehörde eilte. Zwei Namen reichten ihm völlig aus, um seinen Entschluss, das

Wochenende etwas früher einzuläuten, über den Haufen zu werfen. In einem feinen Leinenanzug, der in jedem Musikvideo einem Casanova das richtige Outfit gegeben hätte, stürmte er keine fünf Minuten nach Holzbaums Anruf in das Büro der Kriminalbeamten.

»Was ist hier eigentlich los?« brüllte Büdenbender in den Raum, während die Tür hinter ihm mit Lichtgeschwindigkeit ins Schloss flog.

»Wer ist das denn?« Paola fragte dies betont laut und sah dabei dem Staatsanwalt in die Augen.

»Das ist Oberstaatsanwalt Büdenbender«, erklärte Holzbaum leise.

»Und?« Die Finanzbeamtin begann Büdenbender zu mustern.

»Und was?« giftete der Staatsanwalt zurück.

»Haben Sie das Okay von meinem Chef?« antwortete sie gelassen, mit dem leichten Ansatz eines Lächelns, das so etwas wie Vergnügen ausdrückte.

»Wenn ich nicht gleich einige vernünftige Erklärungen bekomme«, zischte Büdenbender, »dann …«

»… dann platzt er«, vervollständigte Paola und wandte sich wieder ihrem Notebook zu.

»Pfeiffer!« dröhnte es im Büro, als würde jemand ein Überdruckventil öffnen.

»Gerne«, nickte Pfeiffer, der neben Paola vor dem Notebook saß und irgendwie geschrumpft wirkte.

Mit wenigen Worten erklärte der Hauptkommissar, was in den letzten Stunden geschehen war, und kam schließlich zu dem Grund, der dazu Anlass gab, den Oberstaatsanwalt zu benachrichtigen.

Tristan beobachtete die Situation aus der zweiten Reihe. Der Privatdetektiv, der mittlerweile wieder Marlowe auf der Schulter trug, stand am Fenster und hielt sich zurück.

»Wissen Sie eigentlich, wer dieser Theo Euteneuer war?« fragte Büdenbender wie ein Mann, dem sein Job alles abverlangte.

»Ein Geschäftsmann aus Siegen«, antwortete Pfeiffer schnell, vielleicht zu schnell.

»Er ist, nein, war, ein persönlicher Freund unseres Forschungsministers«, stöhnte Büdenbender, als drücke ein Gebirgsmassiv auf seine Schultern, »und Sie, Irle, haben die Leiche gefunden?«

»Eigentlich war es Tamara Ortmann«, verbesserte Tristan, »die Enkelin von Julius Donnerscheid.«

»Danke«, nickte Büdenbender und fügte grollend hinzu: »Ich weiß, wer diese Person ist. Da haben wir ja ein gefundenes Fressen für die Presse.«

»Oh, die weiß noch gar nichts«, erwähnte Holzbaum vorsichtig.

»Was?« staunte Büdenbender. »Wie geht das denn?«

»Gestern war es noch ein Unfall«, antwortete Pfeiffer, »der erst im Laufe des Tages zu einem Mord mutiert ist.«

»Na prima«, Büdenbender zog sich den einzigen freien Stuhl im Büro an Holzbaums Schreibtisch, »dann werden die lieben Journalisten uns auch noch Verschleierung vorwerfen.«

»Das ist ja alles ganz interessant«, ergriff Paola das Wort, »aber was ist nun mit dem Anruf?«

»Holzbaum, reichen Sie mir das Telefon«, befahl Büdenbender. »Haben Sie die Nummer?«

Paola diktierte sie ihm, während der Staatsanwalt die Tasten drückte.

Einige Minuten später nickte Paola zufrieden.

»Dann können wir jetzt weitermachen, oder?« sagte sie und tippte einige Befehle in ihr Notebook.

Holzbaum fragte sich die ganze Zeit über, welchen Wirtschaftsminister der Staatsanwalt meinte. Jetzt, da Büdenbender die ersten Wutwellen über sie ausgebreitet hatte, fragte er: »Welchen Forschungsminister meinen Sie eigentlich?«

Für einen Moment musste Büdenbender überlegen, ob ihn der Kommissar verschaukeln wollte, dann begriff er, dass die Frage gar nicht spöttisch gemeint war.

»NRW«, antwortete er. »Der Forschungsminister von Nordrhein-Westfalen.«

»Der ehemalige Uniprof aus Siegen?« sagte Tristan.

»Ja, der«, nickte der Staatsanwalt.

»Da haben Sie aber eine illustre Gruppe zusammen«, meinte Paola, die mittlerweile eine

Namenliste aufgerufen hatte. »Wenn Sie mal schauen wollen.«

Büdenbender stand auf und stellte sich hinter die Finanzbeamtin.

»Ich habe allen Konten, die wir in Verbindung mit Theos Geschäften ausfindig gemacht haben, die vollständigen Namen der Kontoinhaber zugeordnet.«

»Oh mein Gott«, seufzte Büdenbender, als er die Liste überflog. »Das ist ja das Who's Who der oberen Zehntausend aus Siegen.«

»Wie ich schon sagte«, lächelte Paola, »eine illustre Gruppe.«

»Die Hälfte von denen«, meinte Pfeiffer niedergeschlagen, »findet sich im Mitgliederverzeichnis des Golfclubs wieder.«

»Ich möchte betonen«, sagte Paola ernst, »dass diese Personen nicht automatisch etwas mit illegalen Geschäften zu tun haben müssen. Theo hat in den letzten Jahren sehr viele saubere Geschäfte gemacht. Lediglich zwei davon sind uns etwas suspekt, deshalb ermittle ich. Seien Sie also bei Ihren Schlussfolgerungen vorsichtig.« Sie sah die Kommissare eindringlich an. »Ich meine, seien Sie sehr, sehr vorsichtig.«

»Wir haben verstanden«, nickte Holzbaum.

»Damit dürfte Tigram wohl den Hals aus der Schlinge gezogen haben«, sagte Tristan.

3

Julius eilte mit den Scorekarten ins Clubsekretariat. Da sie zu den ersten Flights gehörten, die an diesem Tag gestartet waren, würde Frau Vogelberg gerade erst mit der Auswertung der Spielergebnisse beginnen. Es bliebe ein wenig Zeit, sich um die wichtige Aufgabe zu kümmern.

Verschwitzt und abgekämpft klopfte er an die Bürotür und trat ein.

»Haben Sie in den Unterlagen etwas gefunden?« fragte er müde, noch bevor er die Karten übergeben hatte.

»Leider nein«, antwortete Frau Vogelberg. »Alle Buchungen sind ordnungsgemäß aufgeführt. Es gibt nur eine Sache, die ich nicht verstehe.«

Sie reichte ihm einen aufgeschlagenen Ordner.

»Sehen Sie selbst«, bat sie und wurde von einem Spieler abgelenkt, der die Scorekarten seines Flights abgeben wollte.

Julius bemerkte den Mann gar nicht. Er starrte auf eine Tabelle, die mit einer Menge Zahlen gefüllt war. Zuerst vermutete er aufgelistete Geldbeträge, doch dann erkannte er, dass es sich um Kontonummern handeln musste. Damit konnte er etwas anfangen.

»Frau Vogelberg, sie sind ein Schatz«, lächelte er und eilte samt Ordner aus dem Büro.

Überrascht starrte sie dem Präsidenten hinterher.

Vor dem Clubhaus lief ihm Anfred über den Weg.

»Irgendwelche Schwierigkeiten?« fragte Julius.

»Keine«, grinste Spielführer. »Das Wasserhindernis blieb unberührt, soweit ich das überblicken konnte.«

»Gut«, nickte der Präsident. »Ich fahre jetzt nach Hause, duschen.«

»Deine Frau?« fragte Anfred überrascht.

»Ist mit ihrem Auto da«, erklärte Julius. »Wenn du sie siehst, sag ihr bitte, dass ich nach Hause gefahren bin.«

»Wie du meinst«, nickte Anfred und dachte, der Mord beschäftigt ihn doch mehr als für uns gut ist.

Julius eilte zum Auto und stieg ein.

Etwas abseits packte Loni Lohnstein gerade ihr Sportgerät in den Kofferraum. Neben ihr stand Nico mit einer Sporttasche in der Hand. Sie beobachteten, wie Julius den Parkplatz verließ.

»Der hat es aber eilig«, sagte Loni.

Sie war frisch geduscht, dennoch wirkten ihre gut durchbluteten Wangen, als habe sie sich gerade erst körperlich angestrengt.

Das machte Nico an.

»Will wohl nach Hause und sich umziehen«, lächelte er anzüglich.

»Und du?« fragte Loni.

»Muss noch unter die Dusche«, er hob die Sporttasche. »Bist gar nicht in Trauer.«

»Sollte ich?« entgegnete sie ihm mit Gleichgültigkeit.

»Wenn man einen treuen Freund verliert«, sprach Nico ruhig weiter, »dann ist die Schauspielerin in Hollywood-Filmen immer niedergeschlagen.«

»Wir sind hier aber nicht in Hollywood«, meinte Loni und schlug den Kofferraumdeckel ihres Autos zu.

»Bist du dir da ganz sicher?« Nico deutete auf den Parkplatz. Er merkte nicht, dass er sich idiotisch benahm. »Nach den schicken Karren hier zu urteilen könnte es Hollywood sein.«

»Hallo, wir sind in dem schönen Siegerland und Protz ist uns fremd. Kein Schickimicki, klar!« antwortete sie. Schließlich drehte sie sich zu Nico um. »Was willst du eigentlich, Nico?«

»Das weißt du ganz genau«, zischte er und bereute im selben Moment seinen Wutanfall.

»Ich dachte, du bist hinter Tamara her«, sagte Loni in einem Tonfall, der gespieltes Desinteresse vortäuschen sollte.

»Ach, die Tussi ist mit dir doch gar nicht zu vergleichen«, schnaufte er und setzte sein bestes Ich-hab-dich-lieb-Lächeln auf.

»So?« Loni musterte Nico, »und warum schwänzelst du dann ständig um sie herum?«

»Na, um Tigram zu ärgern«, antwortete Nico, als wäre das die natürlichste Sache der Welt.

»Was?« Jetzt wurde Loni hellhörig. Sie vergaß einen Moment, dass sie mit einer Kakerlake sprach. »Willst du damit sagen, dass Tigram auf Tamara abfährt?«

»Jeder normale Mann fährt auf Tamara ab«, antwortete er unüberlegt.

»So?« Ihr Blick verriet, dass er nur noch eine Handbreite vom Abgrund entfernt stand.

»Ich meine, sie hat etwas, aber lange noch nicht so viel wie du«, antwortete er und hoffte, die Kurve noch rechtzeitig genommen zu haben.

Loni lächelte ihn mit ihrem besten Mädchenlächeln an.

»Könnte zwischen den beiden etwas laufen?« fragte sie, ohne ihr Lächeln aus dem Gesicht zu verlieren.

»Zwischen Tigram und Tamara?« Nicos Gehirn musste mächtig aufdrehen, um sich das vorzustellen. »Der Mann ist ein Verlierer, der hat nichts! Was will Tamara von so einem?«

Loni schüttelte den Kopf.

Männer wie Nico maßen die Welt mit der Länge ihres besten Stückes. Dabei fühlten sie sich wie die Größten. Doch ihr verschrumpelter Verstand erkannte nicht, dass aus diesem animalischen Trieb nie wirkliche Größe entstand.

»Du verstehst uns Frauen wirklich nicht«, seufzte sie.

»Was gibt es da zu verstehen?« rief Nico mal wieder völlig reflexartig. »Schlüssel und Schloss, das war's.«

»Na, wenn du das so siehst«, antwortete Loni und nahm sich eine leichte Sommerjacke aus dem

Auto, »dann viel Glück auf der Suche nach deinem Schloss.«

Sie schlug die Autotür zu und betätigte die Fernbedienung. Begleitet von einem Jaulen verriegelte die Elektronik das Fahrzeug.

»Wir sehen uns auf der Terrasse«, sagte sie kalt und ließ Nico stehen.

Der Unternehmersohn schritt nachdenklich mit der Sporttasche zur Umkleidekabine. In seinem Gehirn feuerten die Neuronen einen Gedankenblitz nach dem anderen. Sie drehten sich alle um Loni und ihre Andeutungen. Was wäre, wenn er den falschen Gegner im Visier hatte?

Ein Schauer überkam ihn, an so etwas wollte er gar nicht denken.

4

In der Kreisstadt Siegen stellte zur selben Zeit die Polizei fest, dass sie mit den Ermittlungen gehörig ins Stocken geraten war. Hauptkommissar Pfeiffer rauchte bereits die dritte Zigarette, was die Luft in dem Büro nicht besser machte. Kommissar Holzbaum entschloss sich deshalb, das Fenster zu öffnen, doch damit tauschte er nur heiße Abgasluft gegen gekühlte Nikotinluft ein. Vor dem Kreispolizeigebäude führte die vierspurige Hauptstraße entlang.

»Und was jetzt?« fragte Pfeiffer.

»Ich für meinen Teil«, sagte Paola, stand auf

und fuhr das Notebook herunter, »werde jetzt nach Hause fahren.«

»Was sind das eigentlich für Geschäfte, Frau Solanis, mit denen dieser Theo so viel Geld verdiente?« Tristan fragte ruhig und nachdenklich. Die ganze Zeit über hatte er gegrübelt, wie man mit dem Geld anderer Leute reich werden konnte.

»Börsengeschäfte«, antwortete Paola, neugierig geworden, was der Detektiv noch von ihr wissen wollte.

»Was für eine Art von Börsengeschäften?« hakte Tristan nach. »Ich meine, es gibt da doch alles Mögliche.«

»So wie es aussieht, hat Theo mehrere Hedge-Fonds vertreten«, erklärte Paola, man sah ihr an, dass sie dieses Thema liebte. »Hedge-Fonds sind, anders als Investmentfonds, in ihrer Wahl der Anlagemöglichkeiten freier.«

»Verzeihung«, unterbrach sie Pfeiffer, »was sind Hedge-Fonds im eigentlichen Sinne?«

Holzbaum sah seinen Chef überrascht an.

»Was, Holzbaum?« knurrte Pfeiffer.

»Nichts, wundere mich bloß, dass du nachfragst«, antwortete der Kommissar.

»Na ja, man hört ständig diesen Begriff, aber was sich dahinter verbirgt, weiß keiner so richtig.«

»Ein Hedge-Fonds«, erklärte Paola, »ist nichts weiter als ein großer Klingelbeutel, in dem pfiffige Anlagenmanager eine Menge Geld sammeln, um dieses dann wieder gezielt in Aktien, Firmenaufkäufe, Hypotheken oder Immobilien zu investieren. Da der Gesetzgeber kaum Regeln vorgibt, können unter Hedge-Fonds eine Menge Dinge laufen. Die sogenannten Heuschrecken gehören auch dazu. Sie haben eine Menge Geld im Rücken und kaufen alles auf, was irgendwie durch Firmenzerschlagung Gewinn verspricht.

Theo managte keinen solchen Fonds, aber er verdiente durch Vermittlung. Er hat nach unseren Erkenntnissen eine Menge Kapital angesammelt und es legal weitergeleitet. Von wem das Geld alles stammte, habe ich Ihnen ja gezeigt.

Hedge-Fonds sind aber alles andere als sicher. Der jüngste Bankenskandal, ausgelöst durch die Immobilienkrise in den USA, ist ein schönes Beispiel. Hedge-Fonds waren dort auf dem US-Immobilienmarkt stark engagiert, und die Anlagenmanager haben das Risiko unterschätzt. Billionen Dollar wurden mal eben verbrannt. Hedge-Fonds-Anleger haben ihren Einsatz verloren. So ist es auch einigen Männern und Frauen ergangen, die ihr Geld Theo anvertraut hatten. Rechtlich gesehen ist Theo nicht zu belangen, wenn er seine Kunden auf das Risiko hingewiesen hat. In den meisten Fällen reicht ein kleiner, schriftlicher Hinweis. Die Anleger nehmen in den seltensten Fällen den Hinweis wahr, weil sie von den Gewinnaussichten geblendet werden. Sie haben alle einige Jahre sehr gut verdient.«

»Das Letztere ist dann wohl der Grund, warum Theo so gut im Geschäft war«, meinte Tristan.

»Ja, aber einige der Männer und Frauen auf der Liste dürften mächtig sauer auf ihn gewesen sein«, lächelte Paola verschmitzt. »Neben den Verlusten, die beachtlich sind, hat uns Theo auf diese ehrenwerten Männer und Frauen aufmerksam gemacht. Momentan liegt unser Augenmerk auf Schwarzgeldanlagen und Schwarzgeldkonten. Da wird der eine oder andere noch auffallen.«

»Das wäre ein schönes Mordmotiv«, sagte Büdenbender, der erstaunlich lange schweigend zugehört hatte.

»Daran habe ich auch gedacht«, nickte Tristan.

»Leute, nur um keine falschen Hoffnungen zu wecken«, beeilte sich Paola klarzustellen, »mit Theos Tod enden die Ermittlungen.«

»Was?« staunte Pfeiffer.

»Theo Euteneuer war der Fall«, erklärte sie. »Wir werden noch die eine oder andere Transaktion durchleuchten, aber dann geht's zum nächsten Verdächtigen.«

»Aber Sie sagten doch eben, dass Sie Schwarzgeld vermuten«, warf Tristan ein, »arbeiten Sie da nicht die Liste durch?«

»Wir werden den einen oder anderen genauer durchleuchten«, gestand sie, »aber das war es dann.«

Ungläubig blickten die Männer die Finanzbeamtin an.

»Schauen Sie nicht so«, grinste Paola, sie packte ihr Notebook, »wie lange, glauben Sie, ist bei mir ein normaler Arbeitstag? Zwölf und mehr Stunden. Ich bin froh über jeden Fall, den ich beenden kann. Wenn die Herren Politiker mehr Fachkräfte einstellen würden, könnten wir effektiver arbeiten.«

»Verstehe«, nickte Tristan. »Damit haben wir zwar ein mögliches Motiv, aber keine Chance, auf einen Verdächtigen zu schließen.«

»Ich mache Ihnen einen Vorschlag«, Paola stand erneut auf. »Wenn Sie einen, meinetwegen auch zwei Verdächtige haben, werde ich überprüfen, ob die mit Theo Geschäfte machten.«

»Mehr können wir wohl nicht erwarten«, sagte Büdenbender und stand ebenfalls auf. »Wenn Sie nichts dagegen haben, bringe ich Sie nach draußen.«

»Und was jetzt?« brummte Pfeiffer, als Büdenbender das Büro verließ.

»Der Golfball«, antwortete Holzbaum. »Mit einigem Glück finden wir auf ihm DNA-Spuren.«

»Wollen wir es hoffen«, stöhnte Tristan. »Ich werde Sie jetzt verlassen. Muss nochmals zum Golfplatz.«

»Stunden nehmen«, scherzte Pfeiffer.

»Nein«, schüttelte Tristan den Kopf. »Mörder jagen.«

»Sollen wir Sie dabei unterstützen?« hakte Holzbaum nach.

»Heute Abend nicht mehr«, meinte der Detektiv. »Ich hatte Pro Colin gebeten, ein Auge auf den Tatort zu werfen.«

»So?« Pfeiffer sah man an, dass er überlegte. »Wieso?«

»Weil der Mörder vielleicht nach dem Golfball suchen wird«, erklärte der Detektiv müde.

»Na, vielleicht sollten wir doch mitkommen«, meinte Pfeiffer und stand auf.

»Dann fahren Sie vor«, stöhnte Tristan resigniert, »ich werde erst Marlowe zu Hause abgeben.«

»Schöne Grüße an Frau Bottenberg«, sagte Holzbaum freundlich.

»Ich werde es Helga ausrichten«, antwortete Tristan und machte sich auf den Weg.

5

Ein schöner Sommertag ging zu Ende. Der azurblaue Himmel verfärbte sich fließend in eine blaugraue Leinwand, auf der im Osten ein einzelner, glitzernder Stern zu sehen war. Andere würden bald folgen.

Tristan hielt sich nur kurz in seinem Haus auf. Helga nahm es erstaunlich gelassen hin, dass er so schnell wieder verschwand. Jetzt im Auto auf der Fahrt zum Golfplatz hatte er sogar das Gefühl, dass sie ihn auf liebenswerte Weise möglichst rasch wieder loswerden wollte. Das konnte nur bedeuten, dass Helga Bottenberg irgendetwas vorhatte. Nur was?

In der letzten heimlichen Aktion hatte Helga aufgeräumt, richtig aufgeräumt. Nicht nur das

Wohnzimmer, das ganze Haus wurde zum Katastrophengebiet erklärt und nach Helgas Auffassung wiederhergestellt. Die Folgen für Tristan waren tagelange Orientierungsstörungen, und es hatte fast ein halbes Jahr gedauert, bis alles in etwa wieder so war wie vor Hurrikan Helga, der durchs Haus wirbelte.

»Hoffentlich keine Aufräumaktion«, flüsterte Tristan und bog in die schmale Zufahrtstraße zum Clubhaus ab. Im Schatten der hohen Bäume beleuchteten die Scheinwerfer des Borgward nur schwach die Fahrbahn. Langsam steuerte der Detektiv den Oldtimer durch das Waldstück und erreichte schließlich das Clubhaus.

Die Nacht marschierte an diesem Abend besonders schnell heran. Es schien, als hätte sie es eilig, Finsternis zu verbreiten. Jenen Boden, in dem die Saat der Gewalt besonders gut gedieh. Rund um das Clubhaus warf flackerndes Fackel- und Kerzenlicht bizarre Schatten. Im Schritttempo rollte der Detektiv mit seinem Borgward auf den Parkplatz, der immer noch ordentlich gefüllt war, was die Parkplatzsuche erschwerte. Er musste einmal den ganzen Parkplatz entlangfahren, bis er im faden Licht der Scheinwerfer eine Parklücke entdeckte. Vereinzelt hatte man auch auf dem Parkplatz einige Fackeln aufgestellt, die aber mehr der Dekoration als der Beleuchtung des Weges dienten.

Vorsichtig schritt der Detektiv zwischen den Autos in Richtung Clubhaus. Tanzmusik schallte ihm entgegen.

»Sie wieder hier?« sprach ihn aus der Dunkelheit eine Frauenstimme an.

Tristan drehte sich nach der Stimme um und erkannte Loni Lohnstein, die entspannt eine Zigarette anzündete. Statt der sportlichen Kleidung trug sie jetzt ein erdfarbenes Kleid von Luisa Cerano.

»Hallo, Frau Lohnstein«, grüßte der Detektiv.

»Herr Irle«, lächelte die Golfspielerin, »von Ihnen hört man ja Sachen.«

»So? Ich hoffe nur Gutes«, antwortete Tristan.

»Ich denke«, sagte Loni nachdenklich, »dass dies wohl von dem Grad des schlechten Gewissens abhängig ist, das man Ihnen gegenüber verspürt.«

»Interessante Theorie«, nickte Tristan. »Und warum stehen Sie hier so allein in der Dunkelheit?«

»Die Musik wurde mir zu laut.« Sie schnippte die Zigarette aus der Hand, »aber ich begleite Sie gerne zurück.«

»Danke, sehr liebenswürdig von Ihnen.« Tristan reichte ihr den Arm.

»Wo ist denn Ihr süßes Haustier?« grinste Loni.

»Zu Hause im Bett, hoffe ich«, erwiderte er.

»Na, da wird er wohl keine Dummheiten machen.« Sie hakte sich bei ihm unter.

»Wie war Ihr Spiel?« Tristan führte sie galant über den befestigten Gehweg auf das Clubhaus zu.

»Es ging«, stöhnte sie. »Ich spielte mit Marek Sänger. Haben Sie ihn schon kennengelernt?«

»Ist das der Chef von Tigram?« fragte Tristan und deutete auf eine Fackel, die Lonis Kleid gefährlich nahekam.

»Ja! Und ein äußerst ehrgeiziger Spieler obendrein«, seufzte sie. »Es war nur gut, dass ich den alten Gentleman Claude-Marcel Weber dabei hatte.«

»Ich glaube, er war gestern Abend dabei, als wir die Leiche fanden«, überlegte Tristan.

»Ja, das war er, dann kennen Sie ihn ja«, lächelte Loni und wurde ernst. »Haben Sie schon einen Verdächtigen?«

»Sie meinen, außer Tigram«, antwortete Tristan.

»Sie verdächtigen Tigram?« Loni sah Tristan ungläubig an. »Das ist doch wohl nicht Ihr Ernst.«

»Nun, die Polizei verdächtigt ihn«, erläuterte der Detektiv.

»Die beiden Beamten, einer klein und wieselig, der andere groß und fett.«

»Eher füllig«, verbesserte Tristan. »Fett klingt so negativ.«

»Die beiden treiben sich schon eine Weile hier herum«, antwortete Loni. »Niemand von uns weiß eigentlich, was sie hier suchen.«

»Wahrscheinlich das Gleiche wie ich«, lächelte Tristan, »einen Mörder.«

»Dafür stellen sie sich aber besonders dumm an«, ätzte Loni.

Sie erreichten die Clubterrasse.

Eine Menge Clubmitglieder standen um Bistrotische mit einem Glas Bier oder Wein und schienen sich zu amüsieren.

»Warten Sie mal ab, was morgen hier abgeht«, sagte Loni, »wenn wir den Gewinner feiern.«

»Das kann ich mir denken«, nickte Tristan und sah sich nach Pro Colin um.

Der Golflehrer stand zusammen mit Spielführer Anfred und Claude-Marcel vor dem Grill, hinter dem Chefkoch Weude in weißer Livree am Werkeln war.

Loni bemerkte, dass Tristan mehr Interesse für den Grill hegte als für sie.

»Gehen Sie ruhig«, ermutigte sie den Detektiv. »Ich will Sie nicht von der Arbeit abhalten.«

»Danke«, nickte Tristan und schritt durch die Menge dem Grill entgegen.

6

»Da ist schon wieder dieser Detektiv «, sagte Marek und schubste Nico an, mit dem er an einem Bistrotisch zusammen mit dem Präsidenten stand.

»Was für ein Detektiv?« meinte Nico. »Der Typ in dem schrecklichen karierten Pullover?«

»Ja«, nickte Marek, »der hat hier auch schon gestern Abend rumgeschnüffelt.«

»Jetzt beruhige dich mal«, sagte Julius, »er macht auch nur seinen Job.«

»Bist du jetzt auf Schmusekurs?« höhnte Marek, der eindeutig ein Bier zu viel getrunken hatte, »oder warum nimmst du den Typ in Schutz?«

Julius war in der Tat auf Schmusekurs, allerdings mehr mit seinem Gewissen als mit einem der Anwesenden. Ihm war es gelungen, dank modernem Homebanking einiges von dem wieder geradezurücken, was er dummerweise mit Theos Hilfe in Schieflage gebracht hatte. Nur gut, dass seine Frau nicht über alle Konten Bescheid wusste. Morgen würde alles zu seinem Besten stehen.

»Was schmunzelst du so?« fragte Nico, der den Präsidenten in erstaunlich guter Laune vorfand. »Nach deinem schlechten Spiel sollte dir eigentlich zum Heulen sein.«

»Ach was«, wehrte Julius ab, »ich bin ganz zufrieden, nach allem, was alles auf dem Platz geschehen ist.«

»So?« fragte Marek. »Ich denke, Theo ist tot?«

»Ja, was sehr bedauerlich ist«, sagte Julius und hob sein Glas.

»So, ist es das?« Jaqueline Sänger trat an den Bistrotisch und gab ihrem Mann einen kurzen Begrüßungskuss.

»Auch endlich da?« brummte Marek. »Wir haben dich schon vermisst.«

»Ehrlich?« Jaqueline musterte ihren Mann. »Na, wie viel hast du denn schon zu dir genommen?«

»Noch nicht genug«, erwiderte er gereizt.

»Er hat schlecht gespielt«, erklärte Loni, die sich ebenfalls an den Tisch gesellte. »Das mag er gar nicht.«

Jaqueline hätte Loni für diesen Kommentar gerne die passende Antwort gegeben, doch die adrette Clubkameradin hatte recht. Ihr Mann mochte es gar nicht, wenn er verlor.

»Wie war eigentlich dein Spiel, Jaqueline?« fragte Loni und grinste sie hämisch an. »Hat der Unterricht mit Colin geholfen?«

»Es hat geholfen«, antwortete sie pikiert.

»Colin ist wirklich zu gebrauchen, was?« sagte Loni mehrdeutig.

»Was willst du damit sagen?« Jaquelines Augen glichen denen einer jagenden Raubkatze.

»Nichts«, schüttelte Loni den Kopf. »Gar nichts.«

»Jetzt lasst das Gezicke«, lallte Marek und blickte seine Frau wütend an.

»Du solltest mit dem Trinken aufhören«, mahnte Jaqueline.

»Wenn du morgen fit sein willst«, mischte sich Nico ein, »dann hör auf deine Frau.«

Marek betrachtete den Inhalt seines Glases und stöhnte. »Ihr habt wahrscheinlich recht.«

Jaqueline nickte und verkniff sich einen weiteren Kommentar. Stattdessen wandte sie sich Loni zu und meinte: »Wie war denn dein Spiel, Loni? Ich meine, wenn man den Liebsten verliert.«

Julius blickte verdutzt auf.

»Ist jemand aus deiner Familie gestorben?«

»Nein«, antwortete Loni leise.

»Weshalb fragst du sie dann, Jaqueline?« wunderte sich der Präsident.

»Nun, ich dachte Theo und du, Loni, ihr wärt liiert?« Sie genoss jedes Wort.

Jeder am Bistrotisch starrte Loni an.

»Ich wusste gar nicht …«, flüsterte Julius überrascht.

»Wir waren nicht mehr zusammen«, log Loni, so gelassen ihre Gefühle es zuließen.

»Mit diesem Kerl?!« zischte Marek angewidert. »Was gefiel euch Frauen nur an dem?«

7

Chefkoch Weude reichte Tristan ein dickes Steak mit Krautsalat.

»Lassen Sie es sich schmecken.«

»Danke«, nickte Tristan, der erst beim Geruch des Grillfleisches bemerkte, wie hungrig er war.

Zusammen mit Colin, der ebenfalls einen vollen Teller davontrug, verließ er den Grill. Sie suchten sich einen freien Bistrotisch.

»Schön dekoriert haben Sie es«, lobte der Detektiv und blickte über die Terrasse.

»Die Meisterschaft ist etwas Besonderes«, lächelte der Pro. »Da lässt sich auch unser Chefkoch gerne etwas einfallen.«

Die Männer begannen das Fleisch zu genießen.

»Leider habe ich keinen im Hindernis beobachten können«, sagte Colin nach den ersten Bissen.

»Es war ein Versuch wert«, antwortete Tristan. »Die Chancen standen ohnehin nicht gut.«

»Damit sind Sie jetzt wieder am Anfang«, meinte der Pro.

»Nicht ganz«, lächelte der Detektiv.

»Nun, ja«, meinte Colin und schob sich den nächsten Bissen zwischen die makellosen Zahnreihen. »Sie haben wohl andere Beweise gefunden?«

»Wie kommen Sie darauf?« Tristan legte sein Besteck aus der Hand und gab der Bedienung ein Zeichen.

»Sie sind mit Loni zusammengetroffen«, antwortete Colin und grüßte die Bedienung. »Jenny, ein Bier bitte.«

»Da sind Sie ja wieder«, sagte Jenny zu Tristan.

»Ich hatte es Ihnen doch versprochen, beim nächsten Mal etwas zu bestellen«, lächelte Tristan. »Haben Sie einen schönen Weißwein?«

»Wäre ein Moselwein okay?« fragte sie.

»Der wäre perfekt«, antwortete der Detektiv.

»Komme sofort zurück«, sagte Jenny und eilte zur Theke.

»Sie mögen kein Bier?« fragte Colin.

»Schon, aber wenn ich die Wahl habe«, sagte Tristan und nahm das Besteck wieder in die Hand, »dann entscheide ich mich für Traubensaft. Der kann dann auch schon mal ein wenig gegoren sein.«

Colin grinste. »Sie haben Humor.«

»In den meisten Fällen schon«, nickte der Detektiv und wurde dann ernst. »Sie sprachen von Loni Lohnstein? Eine bezaubernde Frau.«

»Dann wissen Sie ja«, Colin schnitt ein großes Stück aus dem Steak, »dass Loni und Theo eine heimliche Beziehung führten.«

Tristan ließ sich nichts anmerken, und da in diesem Augenblick Jenny wie versprochen zurückkam, fiel es dem Detektiv auch nicht schwer.

Jenny stellte Colin ein großes Pils und Tristan den Weißwein auf den Bistrotisch.

»Sie können sich auch setzen«, bot sie an, »drinnen sind noch Plätze frei.«

»Danke, das geht schon«, meinte Tristan.

»Wie Sie wünschen«, lächelte sie und eilte zum nächsten Tisch.

Tristan nahm einen Schluck und prostete Colin zu. Als er das Glas zurückstellte, fragte er: »Woher wussten Sie von der Beziehung? Ich meine, wenn es eine heimliche Beziehung gewesen ist?«

»Herr Irle«, lächelte Colin, und sein schottisches Gesicht strahlte, als würde es vom brennenden Busch erhellt. »Ich bin der Pro des Clubs.«

Tristan nickte.

»Sie bekommen eine Menge mit, wollen Sie das sagen?«

»Eine Menge«, nickte der Pro.

»Gibt es noch mehr heimliche Beziehungen?«

»Nun ja«, brummte Colin, der merkte, dass das mit dem Geheimnis anderer Leute so eine Sache war. »Ich würde diese Frage lieber nicht beantworten.«

»Es geht um Mord«, erinnerte der Detektiv den Golflehrer.

»Mag sein«, antwortete Colin. »Es geht aber auch um andere Menschen, die mit der Tat nichts zu tun haben. Und ich habe mein Wort gegeben. Das werde ich nicht brechen.«

»Sind Sie da ganz sicher?« fragte Tristan ernst.

Colin nickte.

»Dann will ich Sie nicht weiter drängen«, lächelte Tristan und fügte leise hinzu: »Nicht heute Abend.«

Colins Gesichtsausdruck verdunkelte sich. Für einen Moment hielt er die Gabel vor den Mund, dann nickte er.

Eine Weile aßen sie schweigend, bis Tristan den Mord erneut ansprach.

»Wissen Sie, was mich die ganze Zeit beschäftigt?« begann er, »wie kann man auf fünfzehn Meter einen Golfball genau an den Kopf eines Mannes schlagen?«

Der Pro blickte auf Tristan hinab und schien über die Frage erleichtert zu sein.

»Sie hätten diese Frage schon viel früher stellen sollen«, meinte der Golflehrer.

»So?« Tristan blickte über den Rand seiner Halbbrille den Schotten an. »Das *Wie* stand bis jetzt nicht im Fokus.«

»Sollte es aber«, Colin leerte das Bierglas. »Mich hat es ebenfalls beschäftigt und wissen Sie warum? Weil es ein ganz besonderer Schlag gewesen sein muss.«

»Bitte, erklären Sie mir das«, bat Tristan.

»Nun ja, zuerst sind Sie von einem Ball ausgegangen, den man vom 13. Abschlag mit einem Driver geschlagen hat, der sich dann nach links verirrte und Theo mit Wucht traf. Dieses Szenario ist logisch, da die Ballgeschwindigkeit bei so einem Schlag gute zweihundert Sachen betragen kann. Allerdings gleicht so ein Treffer den sechs Richtigen im Lotto. Da Sie nun von Mord ausgehen, muss der Mörder einen gezielten Schlag gemacht haben. Und das, Herr Irle, ist vom 13. Abschlag so gut wie unmöglich.«

»Sie meinen, der Täter muss näher gestanden haben?« hakte Tristan nach.

»Ja, viel näher, und selbst das erklärt immer noch nicht das *Wie*«, raunte der Golflehrer. »Ich kenne nämlich keinen Golfschlag, der innerhalb von fünfzehn Metern so viel Geschwindigkeit aufbaut, dass der Ball eine Platzwunde verursacht.«

»Sie haben die Wunde bemerkt?« staunte Tristan und wurde vorsichtig.

»Ich stand neben Ihnen, schon vergessen?« antwortete Colin leise. »Da Sie es nicht vor den anderen erwähnten, sah ich keinen Grund, etwas zu sagen.«

»Das ist gut«, antwortete Tristan beruhigt.

»Dennoch bleibt das *Wie* bestehen«, meinte Colin und legte das Besteck aus den Händen.

»Könnte er nicht mit dem Driver geschlagen haben?« dachte Tristan laut.

»Nein«, schoss es aus Colin heraus. »Der Mörder muss auf dem 12. Grün gestanden haben. Um einen Ball mit einem Driver ordentlich in die Luft zu bekommen, müssen Sie den Ball aufteen. Das liegt an der sehr steilen Schlagfläche des Drivers. Hinzu kommt, dass Sie den Ball nicht auf fünfzehn Meter kontrollieren können. Der Driver ist für lange Distanzen konzipiert. Mit einem flachen Eisen können gute Spieler auf fünfzehn Meter genau treffen, aber der Ball würde nie so viel Geschwindigkeit haben, dass er jemanden verletzen könnte. – Nein, es gibt keinen Golfschlag, der in diesem Fall einen eindeutigen Tathergang erklären könnte.«

»Irgendwie muss der Mörder aber geschlagen haben«, stöhnte Tristan.

»Die Frage bleibt: *Wie?*« sagte Colin und sah sich auf der Terrasse um. »Wir werden beobachtet«, stellte er fest.

Einige Tische weiter blickten Clubmitglieder rund um den Präsidenten Julius zu den beiden Männern hinüber.

»Ich geh dann mal«, meinte Colin und trank sein Glas aus.

8

Pfeiffer betrachtete das leere Glas Bier mit einem Gesichtausdruck, der vermuten ließ, dass seine Gehirnzellen momentan strikt nach Dienst arbeiteten. Was dazu führte, dass Pfeiffers Gedanken mit der Geschwindigkeit eines Eisberges durch sein Bewusstsein schwammen. Wobei sie eine Menge Platz beanspruchten, den größten Teil davon unter der Oberfläche. Was in seiner augenblicklichen Situation nicht sonderlich vorteilhaft war.

Er wünschte sich ein volles Glas, und irgendeine Gehirnzelle fand genügend Energie, seinen Muskeln den Befehl zu geben, den Arm zu heben.

Holzbaum saß neben ihm und vertilgte sein zweites Steak, das ihm der Chefkoch persönlich vorbeigebracht hatte. Es war für den Hauptkommissar einfach zu deprimierend, mit ansehen zu müssen, wie sein Partner von der Sippschaft um sie herum okkupiert wurde, wo doch jeder von ihnen ein Mörder sein konnte. Holzbaum war viel zu freundlich mit den Menschen umgegangen, weil sie auf ihn freundlich zugegangen waren.

Jeder Depp wusste, dass man sich als Polizist davon nicht beeindrucken lassen durfte. Nun, Kommissar Holzbaum anscheinend nicht, und so kam es, dass selbst der Präsident es für angebracht hielt, sich an den Tisch der Beamten zu setzen.

»Noch ein Bier für den Hauptkommissar«, rief Julius Jenny zu, als Pfeiffer den Arm hob.

»Danke«, nuschelte Pfeiffer.

»Oh, kein Problem«, lächelte der Präsident, sichtlich gut gelaunt. »Und, sind Sie weitergekommen?«

»Womit?« knurrte Pfeiffer.

»Na, womit wohl?« Julius zog die Augenbrauen zusammen.

»Wir haben eine ganze Liste von Namen«, antwortete Pfeiffer langsam. »Ihrer steht auch drauf.«

»So?« Julius schien nicht beeindruckt. »Sicherlich nur deshalb, weil ich Geschäfte mit Theo gemacht habe.«

Die Selbstgefälligkeit des Präsidenten reizte Pfeiffer.

»Ich vermute«, fuhr Julius fröhlich weiter fort, »dass Sie eine Menge Namen aus unserem Club gefunden haben.«

Pfeiffer nickte.

»Er hat eine Menge Leute überzeugen können«, plapperte Julius weiter. »Leider haben auch eine Menge Leute viel Geld verloren.«

»Das wissen wir.«

Jenny brachte Pfeiffer ein volles Glas Bier, das der Hauptkommissar dankbar entgegennahm. »Es dürften eine Menge Leute auf Theo sauer gewesen sein.«

»Ich für meinen Teil bin rechtzeitig ausgestiegen.« Julius griff zu seinem Glas und prostete Pfeiffer zu. »Deshalb war ich nie sauer auf Theo.«

»Schön für Sie«, nickte Pfeiffer.

»Anfred, unser Spielführer«, erzählte Julius weiter, »der hat sein halbes Vermögen verloren. Ich hatte ihn gewarnt, aber er wurde gierig.«

»Das macht ihn zu einem Verdächtigen«, erklärte Pfeiffer abfällig.

»Oh nein«, schüttelte Julius den Kopf, »Anfred könnte keiner Fliege etwas zuleide tun. Sehen Sie den älteren Herrn dort drüben.« Julius deutete auf Claude-Marcel. »Der Mann hat ebenso viel verloren, und der könnte einer Fliege etwas zuleide tun.«

»Sie gehen erstaunlich unbekümmert mit Ihren Verdächtigungen um«, stellte Pfeiffer fest.

»Vielleicht sehen Sie das falsch«, erwiderte Julius und schlüpfte automatisch in die Rolle eines Chefs, der den anderen erklären musste, wo es langgeht. »Ich glaube nicht, dass irgendjemand hier auf der Terrasse zu einem Mord fähig ist.«

»Das dürfte Theo, wo immer er jetzt auch weilt, anders sehen.« Pfeiffers Grinsen erinnerte an einen Haifisch.

»Nein, Herr Kommissar«, sagte Julius entschieden, als gäbe es keine Alternative.

»Hauptkommissar«, korrigierte Pfeiffer.

»Alle die Männer, die Theo Geld gegeben haben, sind Geschäftsleute. Sie würden wegen Geld nicht morden. Das gehört sich nicht.« Julius sprach jetzt im Tonfall eines Predigers, der keinen Zweifel kannte und gerne bereit war, den einen oder anderen Scheiterhaufen für diese Wahrheit anzuzünden.

»Wissen Sie«, stöhnte Pfeiffer, dem die eschatologisch geprägten Siegerländer manchmal ganz schön auf den Geist gingen, »ich kann Ihnen versichern, dass die menschlichen Abgründe überall zu finden sind.«

»Vielleicht in Ihren Kreisen«, erwiderte Julius streng. »Bei uns nicht!«

»Das spricht dann wohl auch für Tigram«, stellte Pfeiffer fest.

»Tigram ist kein Geschäftsmann«, brummte Julius. »Er hat sich Geld geliehen. Er ist ein Schuldner.«

»Und das«, antwortete Pfeiffer, »ist etwas völlig anderes?«

»Und ob«, Julius' gute Laune schien sich davonzuschleichen.

»Sie scheinen den jungen Mann nicht zu mögen«, stellte Pfeiffer fest.

»Ich habe nichts gegen Tigram«, erwiderte er, doch das klang nicht aufrichtig.

»Spielt zu gut, was?« Pfeiffer fand langsam Gefallen an dem Gespräch.

»Das hat nichts mit seinem Spiel zu tun«, zischte Julius, »er schwänzelt um meine Enkelin herum, das gefällt mir nicht.«

»Oh, Standesdünkel«, grinste Pfeiffer.

»Wissen Sie was?« Julius stand auf, »ich lasse Sie jetzt besser allein.«

Holzbaum hatte von dem Gespräch nur Satzfetzen mitbekommen. Das Essen nahm seine ganze Konzentration in Anspruch. Als Julius plötzlich den Tisch verließ, blickte der Kommissar von seinem Teller auf und fragte: »Gibt's was Neues?«

Pfeiffer nahm einen kräftigen Schluck und meinte: »Könnte es sein, dass wir völlig falsch liegen?«

Holzbaum nickte und widmete sich wieder seinem Steak.

»Das ist ausgezeichnet«, lobte er, »das solltest du unbedingt probieren.«

Pfeiffer schüttelte den Kopf. Was er jetzt brauchte, war ein stärkeres Getränk. Er stand auf und schlenderte zur Theke, wo er sich einen Schnaps genehmigte, und weil man auf einem

Bein sehr schlecht stand, kippte er einen zweiten noch hinterher.

»Nun, Pfeiffer«, sprach jemand und klopfte ihm von hinten auf die Schulter, »das ist ein ganz netter Haufen hier, was?«

Pfeiffer drehte sich nach der Gestalt um, die ihn so freundschaftlich angesprochen hatte.

»Kennen wir uns?« fragte der Hauptkommissar und blickte in ein Gesicht, das Alter und Weisheit ausstrahlte.

»Ich kenne Sie«, sagte der Mann. »Weber, Claude-Marcel.«

»Der *Pranger*«, nuschelte Pfeiffer.

»Wie bitte?« fragte der ehemalige Richter ernst, dann lächelte er und meinte: »Diesen Spitznamen habe ich nie gemocht.«

»Das haben Spitznamen so an sich«, antwortete der Hauptkommissar.

Claude-Marcel schien einen Moment darüber nachzudenken. »Sie haben wohl recht.«

Pfeiffer nickte.

»Sie haben sich mit unserem Präsidenten unterhalten«, plauderte Claude-Marcel los. »Ich hoffe, er konnte Ihnen weiterhelfen.«

»Nicht unbedingt«, antwortete Pfeiffer. »Er hat Sie verdächtigt.«

»So?« Das schien dem alten Richter nichts auszumachen. »Julius ist ein integrer Mann. Er würde nicht schlecht über Personen sprechen.«

»Es ist schon erstaunlich, wie nett Sie hier miteinander umgehen«, höhnte Pfeiffer. »Man fragt sich nur, warum dieser arme Teufel Theo sterben musste.«

»Theo war ganz und gar nicht arm«, grinste Claude-Marcel. »Ein Teufel? Na, da dürften Sie wohl recht haben. Aber Manieren hatte auch er.«

»Bloß dumm, dass ihn das nicht vor dem Tod gerettet hat«, meinte Pfeiffer und bestellte sich noch einen Schnaps.

»Ob er den Tod verdient hatte«, überlegte Claude-Marcel, »das kann ich nicht beurteilen, aber es wird Ihnen schwerfallen, Vertrauen aufzubauen, wenn Sie sich hier betrinken.«

Pfeiffer kippte den dritten Schnaps hinunter.

Der alte Richter klopfte ihm nochmals auf die Schulter und sagte: »Behalten Sie die Frauen im Auge, vielleicht hilft Ihnen das weiter.«

Ohne ein weiteres Wort ging Claude-Marcel hinaus auf die Terrasse.

9

Dort stand Tristan immer noch an dem Bistrotisch, doch nicht mehr mit Colin, der sich vor einer Weile verabschiedet hatte, sondern mit Tamara. Der Detektiv informierte sie über die neuesten Erkenntnisse, ohne in die Einzelheiten zu gehen. Er machte ihr aber deutlich, dass der anfängliche Verdacht gegen Tigram nicht mehr bestand. Es gab jetzt eine Menge anderer Personen, die ebenfalls ein Mordmotiv haben konnten.

Tamara nahm es erleichtert auf, dennoch wirkte sie, als quäle sie etwas.

»Gibt es etwas, was Sie mir sagen wollen?« fragte Tristan väterlich.

Sie nippte an einem Weinglas und man sah ihr an, dass sie überlegte. Schließlich sagte sie: »Es hat sich herumgesprochen, dass ich Sie engagiert habe.« Sie klang, als hätte sie ein Verbrechen gestanden.

»Das ist in Ordnung«, lächelte der Detektiv, der mit einer anderen Offenbarung gerechnet hatte. »Früher oder später wäre das sowieso nicht zu verbergen gewesen. Allerdings werden die Leute nach dem Warum fragen.«

»So?« staunte Tamara. »Ich helfe einem Freund.«

»Einem sehr guten Freund?« hakte er nach und verzog sein Gesicht zu einer staunenden Grimasse. Wenn sie schon nicht freiwillig damit rausrückte, dachte der Detektiv, kann man ja mal nachhelfen.

Tristan war aufgefallen, dass Tamara immer in der Nähe von Tigram zu finden war. Zudem änderte sich ihr Gesichtsausdruck, wenn sie von Tigram sprach. Den Clubmitgliedern mochte das unbemerkt bleiben, einem Fremden fiel es jedoch bei genauer Beobachtung auf.

Tamara musterte Tristan und kam zu dem Schluss, dass sie ihm vertrauen konnte.

»Es ist nicht so einfach zu verstehen«, begann sie leise, »aber Tigram und ich sind ein Paar, ein heimliches Paar.«

»Das scheinen andere ebenfalls zu denken«, antwortete Tristan.

Überrascht blickte sie ihn an.

»Ja«, nickte der Detektiv, »einige Ihrer Clubkameraden scheinen es bereits zu ahnen, dass etwas zwischen Ihnen und Tigram – nun, wie sagt man – läuft.«

»Hat mein Opa Sie darauf aufmerksam gemacht?« Sie nestelte an ihrem Shirt herum.

»Nein, das war jemand anderes«, antwortete Tristan.

»Er mag Tigram nicht«, sprach Tamara weiter. »Er würde mich lieber mit dem Idioten Nico zusammen sehen.«

»Wenn Ihr Opa von der Beziehung weiß, würde das die Sache komplizieren?«

»Er ahnt es«, meinte Tamara, »aber wissen tut er es noch nicht, glaube ich wenigstens.«

»Eigentlich geht mich das ja auch nichts an«, erklärte er verständnisvoll. »Ich frage mich vielmehr, ob Theo irgendetwas mit Ihnen zu tun hatte?«

Tamara straffte unbewusst ihren Körper. Sie wirkte plötzlich angespannt.

»Theo mochte Frauen«, sagte sie mit Bedacht, »er hat auch mir die eine oder andere Avance gemacht.«

»Könnte Tigram eifersüchtig gewesen sein?«

»Er hat es nie erfahren«, antwortete sie schnell.

»Sind Sie sich da sicher?«

In diesem Moment trat Pfeiffer leicht angeschlagen neben Tristan.

»Hallo, Frau Ortmann«, brummte der Hauptkommissar. »Sind Sie mit den Ermittlungen Ihres Privatdetektivs zufrieden?«

»So wie es aussieht«, lächelte sie verlegen den angetrunkenen Beamten an, »ist Tigram jetzt nicht mehr verdächtig.«

»Nun«, lallte Pfeiffer, »er ist nicht mehr allein verdächtig.«

»Ich gehe dann mal besser«, entschuldigte sich Tamara und ließ die Männer allein.

»Sie haben getrunken«, sagte Tristan ernst.

»Konnte mich nicht zurückhalten«, grinste der Hauptkommissar und fügte niedergeschlagen hinzu: »Es ist alles so frustrierend, Irle. Holzbaum lässt es sich schmecken, und die netten Menschen hier lügen uns an.«

»Nicht alle«, mahnte der Detektiv. »Es sind ganz normale Menschen.«

»Ha«, schüttelte der Hauptkommissar den Kopf, »das glauben Sie wirklich? Ich hätte von Ihnen eine bessere Menschenkenntnis erwartet.«

»Es ist verständlich, dass man bei dieser Beweislage frustriert sein kann«, meinte Tristan. »Meine sieben Sinne sagen mir, dass wir vielleicht in eine andere Richtung ermitteln sollten.«

»Jetzt fangen Sie auch schon damit an«, nuschelte Pfeiffer.

»So, wer hat denn noch davon gesprochen?«

»Dieser Julius«, antwortete Pfeiffer. »Aber was für eine Richtung meinen Sie eigentlich?«

»*Crime passionel*«, antwortete Tristan.

»Was?« knurrte Pfeiffer.

»Das Verbrechen aus Leidenschaft«, erklärte die tiefe Stimme Werner Holzbaums, der sich zum Dienst zurückmeldete.

10

Für Colin war es ein langer Tag gewesen. Müde kontrollierte er im Schein einer altersschwachen Glühbirne den Ballautomaten. Besser gesagt, er kontrollierte den großen Ballbehälter, aus dem der Automat die Range-Bälle zog. Er wusste, dass am nächsten Tag die Spieler schon sehr früh auf der Range trainieren würden, um den einen oder anderen Schlag während der zweiten Runde gutzumachen. Da er morgen erst gegen zehn Uhr den nächsten Termin hatte, wollte er alles zum Besten herrichten.

Nachdem der Ballbehälter bis zum Rand gefüllt war, sortierte er noch einige Übungsschläger, die er ebenfalls am nächsten Tag benutzen wollte. Schließlich war alles zu seiner Zufriedenheit vorbereitet und er schloss die kleine Kammer neben den Abschlagboxen ab.

Colin liebte diesen Platz über alles. Er hatte ihn mit aufgebaut, und so genoss er die Ruhe der Nacht, die sich warm über das Tal gelegt hatte. Vom Clubhaus drangen jetzt nur noch vereinzelte Stimmen zur Range herab. Morgen würde richtig gefeiert werden, das war sicher.

Nachdenklich setzte er sich auf eine Bank vor den Abschlagboxen und sah in einen funkelnden Nachthimmel. Er erkannte den Großen Wagen und suchte weiter nach der Kassiopeia, seinem Lieblingssternbild.

Kassiopeia war die schöne Gemahlin des Kepheus, des Königs von Äthiopien, und die Mutter der lieblichen Andromeda gewesen. Als Kassiopeia sich rühmte, schöner als die Töchter Poseidons zu sein, schickte dieser ein Ungeheuer. Dem sollte Andromeda, die liebliche Tochter, geopfert werden. Mit Hilfe von Perseus und Atlas konnten sie Andromeda retten. Nach Kassiopeias Tod stieg sie auf zu den Sternen, wo sie seit Menschengedenken auf ihrem Thron sitzt.

Colin mochte diese Geschichte, in der Schönheit und Eifersucht unter den Göttern so heroenhaft beschrieben wurden.

Er atmete einmal tief durch und stand auf.

»Hallo, Colin«, grollte plötzlich eine Stimme aus der Dunkelheit.

Dann traf ihn etwas Hartes am Kopf.

5. Die Kopfschmerzen stachen …

Samstagmorgen

Die Kopfschmerzen stachen von hinten wie Nadeln in die Augen. Pfeiffer fühlte sich wie gerädert und überließ Holzbaum ausnahmsweise das Steuer. Die Nacht war für Pfeiffer kurz und voller Alpträume gewesen. Als hätte er es schon gestern unbewusst gespürt: Ein zweiter Mord führte sie zurück zum Golfplatz.

»Wirklich nette Leute«, brummte Pfeiffer und hielt sich den Kopf. »Was sagten unsere lieben Kollegen über die Leiche?«

Holzbaum konzentrierte sich auf die Landstraße und dabei fiel ihm das Sprechen schwer.

»Dass sie tot sei«, antwortete Holzbaum.

Pfeiffer spürte, dass er ihn für die Dauer, in der Holzbaum das Lenkrad daran hinderte, aus der Lenkstange zu springen, besser in Ruhe ließ.

Der Kommissar zählte nicht zu den schlechten Autofahrern, sondern zu den ganz besonders vorsichtigen Autofahrern, jener Spezies von Automobillenkern und -lenkerinnen, die aufgeweckten Fahrern und Fahrerinnen das Blut in den Kopf pumpten, weil sie es schafften, auf einer leeren, gut ausgebauten Landstraße zu fahren, ohne dabei die Tachometernadel über die magische 50 zu bewegen. Und das mit der Begründung, ein Eichhörnchen könne ja den

Drang verspüren, plötzlich auf die Fahrbahn zu hüpfen.

Die Autoschlange hinter Holzbaum wedelte nervös hin und her, und es wäre sicherlich zu unüberlegten Überholversuchen gekommen, hätte Holzbaum nicht den Blinker gesetzt und die Landstraße verlassen. Mit einem Tempo, das selbst ein hüpfendes Eichhörnchen irritiert hätte, lenkte der Kommissar den Dienstwagen am Clubhaus vorbei in Richtung Driving-Range.

Pfeiffer blickte erstaunt zu Holzbaum, der den Wagen auf dem schmalen Weg zur Driving-Range konzentriert entlangführte.

»Wollen wir Bälle schlagen?« fragte Pfeiffer, doch da sah er mehrere Polizeifahrzeuge, die vor der Driving-Range standen.

Holzbaum parkte den Wagen am Wegrand und ließ mit einem lauten Stöhnen das Lenkrad los.

»Na, dann wollen wir mal«, sagte Pfeiffer und schlug bereits die Beifahrertür zu, als Holzbaum noch damit beschäftigt war, sich abzuschnallen.

»Wo bleibst du, Holzbaum?« rief der Hauptkommissar und bereute die schnellen Bewegungen.

Holzbaum folgte seinem Chef den kleinen Hang hinab zur Range.

Dort empfing sie ein uniformierter Kollege.

»Morgen«, brummte er. »Ich hoffe, Sie haben noch nicht gefrühstückt.«

»So schlimm?« fragte Pfeiffer.

»So wie es aussieht«, erklärte der Kollege, »hat jemand dem Golflehrer den Kopf eingeschlagen. Kein schöner Anblick.«

Dann führte er sie zum Tatort.

Pfeiffers Kopfschmerzen verflüchtigten sich bei der Tatortbesichtigung, dafür meldete sich jetzt sein Magen.

»Wer macht so etwas?« flüsterte Holzbaum.

»Jemand, den wir finden müssen«, zischte Pfeiffer. »Gibt es irgendwelche Spuren?«

»Nein, keine konkreten«, erklärte der Beamte. »Das hier ist ein stark frequentierter Bereich. «

»Wer hat ihn gefunden?« wollte Holzbaum wissen.

»Das war der Head-Greenkeeper Herbert«, antwortete der Kollege. »Er hat sofort den Notarzt und die Polizei gerufen. Zudem war er so clever und hat den Bereich rund um die Driving-Range abgesperrt. Ein Arzt kümmert sich momentan um ihn. Sah richtig mitgenommen aus, als wir hier eintrafen.«

»Das ist kein Wunder«, brummte Pfeiffer. »Irgendwelche Hinweise auf die Tatwaffe?«

»Der Arzt meinte, dass solche Wunden möglicherweise von einem Golfschläger stammen könnten. Der Doc spielt selbst Golf und vermutet anhand des Einschlagwinkels, dass es sich wahrscheinlich um ein Eisen 7 gehandelt haben muss.«

»So viel zu den netten Menschen«, giftete Pfeiffer.

»Der Doc meinte auch noch, dass die Todeszeit irgendwann zwischen 22 und 24 Uhr liegen müsse.«

Pfeiffer schüttelte den Kopf und Wut stieg in ihm auf. »Wir waren nur ein paar Hundert Meter entfernt. Dieses Arschloch von Mörder hatte die Nerven, es praktisch vor unseren Augen zu machen.«

»Wir sollten Irle informieren«, meinte Holzbaum und wandte sich vom Tatort ab.

»Das machen wir«, knurrte Pfeiffer, »und jetzt ziehen wir unsere Samthandschuhe aus.«

2

Tristan hörte sich Holzbaums Bericht schweigend am Telefon an. Mit jeder weiteren Information fühlte der Detektiv, wie Kälte seinen Körper packte.

»Ich mache mich auf den Weg«, sagte er schließlich in den Hörer.

Helga wirtschaftete in der Küche, und als Tristan zu ihr trat, erkannte sie an seinem Geschichtsausdruck, dass etwas Schreckliches geschehen war.

»Ich muss sofort los«, murmelte er. »Colin wurde ermordet.«

Für einen Augenblick starrten sich die beiden schweigend an. Schließlich nahm Helga Tristan in den Arm und sagte: »Finde diesen Mörder!«

Die Fahrt von Siegen hin zum Golfplatz kam dem Detektiv wie eine Ewigkeit vor. Immer wieder ging er die wenigen Hinweise im Kopf durch, die er bis jetzt gesammelt hatte.

Als Erstes musste er wissen, ob Colin ebenfalls Geschäfte mit Theo gemacht hatte. Er war sich nicht sicher, den Namen des Pros auf der Liste gelesen zu haben, aber das ließe sich herausfinden. Kurz vor Erreichen des Platzes kam ihm eine schmerzhafte Vermutung. Könnte das ausführliche Gespräch auf der Clubterrasse am Vorabend den Mörder zu dieser abscheulichen Tat getrieben haben?

Wenn dies so wäre, dann könnte der Mörder vermutet haben, dass Colin etwas ausplaudern würde, das dem Mörder gefährlich werden konnte. Aber was?

Als Tristan auf den Parkplatz fuhr, warteten Holzbaum und Pfeiffer bereits auf ihn. Voller Tatendrang stieg er aus und eilte zu den Kommissaren.

»Sparen Sie sich den Anblick«, mahnte Pfeiffer, als Tristan sich den Tatort ansehen wollte. »Es wird Ihnen nichts bringen. Die Spurensicherung hat ihr Bestes getan.«

»So wie bei Theo?« fragte Tristan gereizt.

»Da wussten wir ja noch nicht, dass es sich um einen Mord handelte«, verteidigte Holzbaum. »Herr Irle, es ist wirklich kein schöner Anblick.«

»Ich möchte es aber«, antwortete er trotzig und hätte gerne hinzugefügt, dass er sich mitschuldig fühlte.

Pfeiffer sah, dass es Tristan ernst war. »Sie sollten gleich gehen. Die Spurensicherung ist bereits fertig. Man wird den Leichnam bald abholen.«

»Können wir in der Zeit etwas unternehmen?« fragte Holzbaum.

»In der Tat, das könnten Sie«, nickte Tristan. »Sehen Sie nach, ob Colin auch auf der Liste des Finanzamtes zu finden ist.«

»Die Liste ist im Büro«, antwortete Pfeiffer, als wollte er den Golfplatz nicht verlassen.

»Dann fahren Sie nach Siegen«, erwiderte der Detektiv kalt. »Und fragen Sie nach der DNA-Analyse.«

Pfeiffer gefiel Tristans Gebaren gar nicht, doch seine Wut über den Mord war größer.

»Wir werden diese verdammte Liste herbeischaffen, und wenn es sein muss, auch noch diese Finanzbeamtin«, fauchte der Hauptkommissar. »Dieses Mal fahre ich!«

Pfeiffer schnalzte mit den Fingern. »Holzbaum, die Schlüssel. Sie haben eine halbe Stunde, dann sind wir wieder hier!«

»Fahren Sie sich nicht tot«, lächelte Tristan verschwörerisch, »Sie werden noch gebraucht.«

»Keine Sorge«, erwiderte der Hauptkommissar mit einem Lächeln, das jeden Hai die Schuppen hätte aufrichten lassen.

Tristan verließ den Parkplatz und eilte zur Driving-Range. Auf dem Parkplatz hörte er das Geräusch durchdrehender Reifen und fliegenden

Schotters. Er legte einen Schritt zu. Pfeiffer würde pünktlich sein.

Die uniformierten Beamten kannten den Detektiv, so war es kein Problem, bis zu Colins Leichnam vorzudringen. Man hatte den Pro mit einer Decke abgedeckt, doch das viele Blut ließ Tristan ahnen, was er zu Gesicht bekam.

Er atmete einmal tief ein und hob dann die Decke, um sie gleich wieder fallen zu lassen.

»Das hat Colin nicht verdient«, flüsterte er und trat einen Schritt zurück.

Für einen Augenblick spielten seine Sinne verrückt, dann fasste er sich wieder.

»Geht es Ihnen gut?« fragte ein besorgter Polizist, der etwas abseits den Detektiv beobachtet hatte.

»Danke, es geht wieder«, antwortete Tristan und ging ein paar Schritte.

Pfeiffer hatte recht, hier würde er nichts Brauchbares mehr finden. Das, was er suchte, befand sich anderswo und er wusste auch, wo er es finden konnte.

Entschlossenen Schrittes marschierte er wieder hinauf zum Clubhaus. Dort traf er auf eine ziemlich aufgelöste Frau Vogelberg. Ein uniformierter Beamter und der Greenkeeper Herbert standen neben ihr.

Herbert grüßte den Detektiv mit einem leichten Kopfnicken.

»Das ist alles so schrecklich«, schluchzte Frau Vogelberg. »Colin hat niemandem etwas zuleide getan.«

»Was wird aus dem Turnier?« fragte Herbert den Polizisten, der mit den Achseln zuckte.

»Die Driving-Range wird geschlossen bleiben«, sagte Tristan. »Es ist außerdem zu überlegen, das Turnier für heute abzusagen.«

Frau Vogelberg nickte. Während man tags zuvor bei Theos Tod noch von einem bedauerlichen Unfall ausging, der einen Turnierstart nicht verhindern musste, so war der brutale Mord an dem Golflehrer von ganz anderem moralischen Kaliber.

»Ich sollte den Präsidenten anrufen«, sagte Frau Vogelberg entschlossen.

»Tun Sie das«, nickte Tristan. »Und wenn es Ihnen recht ist, würde ich mich gerne noch mit Ihnen unterhalten.«

»Kein Problem«, antwortete sie. »Kommen Sie gleich mit.«

»Dann werde ich einmal ein paar Schilder aufstellen, dass die Range geschlossen ist«, brummte Herbert und trottete davon.

»Bleiben Sie in der Nähe«, rief Tristan dem Greenkeeper nach, »vielleicht brauche ich Sie noch.«

»Gerne«, rief Herbert zurück.

Frau Vogelberg führte Tristan in ihr Büro. Sie erledigte den Anruf und fragte dann: »Glauben Sie, dass die beiden Morde zusammengehören?«

»Ich denke ja«, antwortete Tristan.

»Wie kann ich Ihnen helfen?« Sie sah ihn entschlossen an.

»Ist Ihnen nach Theos Tod etwas Ungewöhnliches aufgefallen? Etwas, das so überhaupt nicht zum Golfalltag passt?«

Frau Vogelberg überlegte, dann fiel ihr Blick auf die Ordner, die sie für den Präsidenten heraussuchen sollte. Sie zögerte einen Moment, dann berichtete sie Tristan, was der Präsident von ihr verlangt hatte.

»Hilft das weiter?« fragte sie zum Schluss.

»Kann ich noch nicht sagen«, überlegte Tristan und mahnte: »Reden Sie aber vorläufig mit niemand anderem darüber.«

Er machte eine Pause. Schließlich begann er ruhig zu sprechen: »Was ich Sie jetzt fragen möchte, ist etwas delikat. Antworten Sie mir bitte dennoch, auch wenn es sich nur um Gerüchte handeln sollte.«

Frau Vogelberg sah ihn mit großen Augen an, dann stellte Tristan ihr eine Frage.

3

Präsident Julius war außer sich. Die Katastrophe war nicht mehr abzuwenden. Zum ersten Mal in der Vereinsgeschichte würde die Offene Meisterschaft unterbrochen. Es bestand für alle Verantwortlichen kein Zweifel daran, dass dies der richtige Schritt sei, dennoch fiel es ihnen schwer.

»Also verlegen wir den Start auf morgen«, sagte Anfred und sah den Präsidenten an.

»Vorerst ja«, nickte Julius. »Sollten wir den Eindruck gewinnen, dass die Mehrheit ganz auf einen weiteren Start verzichten will, dann fällt dieses Jahr die Meisterschaft aus.«

»Willst du das wirklich?« fragte Marek, den der Präsident zusammen mit Claude-Marcel zur Beratung hinzugezogen hatte.

Sie saßen im Schulungsraum des Clubhauses, der über dem Restaurant eingerichtet war.

»Es ist der richtige Schritt«, betonte der alte Richter. »Es gebietet die Ehre gegenüber unserem Golflehrer, dass wir heute das Spiel ruhen lassen.«

»Wir haben einen Mörder unter uns«, sagte Julius, »das dürfen wir nicht vergessen.«

»Die Polizei wird alles unternehmen, den Täter zu fassen«, erwiderte Anfred. »Die Frage ist nur, wie lange wird das dauern?«

»Wen sollte Colin als Feind gehabt haben«, meinte Marek, »dass man ihm das angetan hat?«

»Keine Ahnung«, schnaufte Julius, »wir sollten uns jetzt kooperativ zeigen.«

»Auch gegenüber diesem Privatdetektiv?« fragte Anfred misstrauisch.

»Auch gegenüber diesem Mann«, betonte Julius. »Es scheint so, als hätte er einen gewissen Einfluss auf diesen Hauptkommissar Pfeiffer.«

»Mir gefällt das nicht«, polterte der alte Richter. »Diese Privatdetektive sind doch nur hinter ihrem Honorar her, das im Übrigen von deiner Enkelin bezahlt wird.«

»Mir gefällt das auch nicht«, erwiderte der Präsident, »aber je mehr wir uns weigern, an der Aufklärung mitzuwirken, desto mehr schlechtes Licht scheint auf uns.«

»Meine Unterstützung hat er«, sagte Marek. »Mir ist gar nicht wohl dabei, einen Mörder als Vereinskameraden zu haben.«

»Wir sind alle nur Menschen«, antwortete der alte Richter philosophisch.

»Gut, dann werde ich das jetzt mal den anderen mitteilen.«

Ein Stockwerk tiefer im *Pro-Shop** hatten sich die Beamten und Tristan zurückgezogen. Pfeiffer war auf die Minute pünktlich nach einer halben Stunde wieder auf dem Golfplatz erschienen. Tristan ahnte, dass Verkehrsregeln an diesem Samstagmorgen für den Hauptkommissar keine Gültigkeit besaßen. Holzbaums rot verfärbtes Gesicht sprach ebenfalls dafür, dass die Bremsen des Dienstwagens so gut wie gar nicht gebraucht wurden. Was den Detektiv aber mehr beeindruckte, war die Tatsache, dass es den Beamten gelungen war, auch noch Paola mit auf den Golfplatz zu bringen.

Pfeiffer sah Tristan förmlich an, wie er nach einer Erklärung für dieses Bravourstück suchte. Um die eigentlichen Ermittlungen nicht zu blo-

---

* Pro-Shop: Ein Shop, in dem man alles rund ums Golfen, vom Schlägerset bis zur Schuhbürste, erwerben kann.

ckieren, klärte der Hauptkommissar den Detektiv schließlich auf.

»Frau Solanis war bereits in der Wache«, grinste Pfeiffer, »als wir auf dem Hof vorfuhren.«

»Ja«, nickte die Finanzbeamtin, die die rasante Fahrt ohne Nachwirkungen überstanden hatte. »Mir kam gestern Abend noch eine Idee. Deshalb habe ich nochmals eine Abfrage bei den Rechenzentren der Banken gestartet und etwas sehr Interessantes gefunden. Dies wollte ich den Kommissaren unbedingt mitteilen.«

»Also, wo beginnen wir?« fragte der Detektiv.

»Beginnen wir mit Ihrer Forderung, nachzusehen, ob dieser McDonald ebenfalls auf der Liste steht«, lächelte Paola, »dann wird die Überraschung bei meinem Fund umso größer sein.«

»Sie wissen, dass wir hier einen Mörder suchen«, erinnerte Pfeiffer, der das Gefühl bekam, dass Paola sich zu amüsieren schien.

»Klar, Herr Hauptkommissar, weiß ich das.« Ihre großen, braunen Augen sahen ihn ernst an. »Was wollen Sie jetzt von mir wissen?«

Sie trug wieder ihr Notebook unter dem Arm und klappte es auf, dann steckte sie eine UMTS-Karte in den Rechner und startete ihn.

»Damit kann ich mich über das Internet direkt in die wichtigen Datenbanken einloggen«, sie trommelte mit ihren langen Fingernägeln auf das Mausfeld des Notebooks. »Könnte etwas schneller gehen, wenn wir endlich die neuen Rechner bekommen würden.«

»Die Liste, Herr Pfeiffer, wo ist die?« fragte Tristan, während der Computer mit leisem Surren langsam zum Leben erwachte.

Pfeiffer zog ein zusammengefaltetes Papier aus dem Jackett. »Bitte schön.«

»Sie haben noch nicht nachgesehen?« fragte Tristan überrascht.

»Wann denn?« erwiderte Pfeiffer und blickte zu Holzbaum. »Leider kann Holzbaum beim Autofahren nicht gut lesen.«

»Das war keine Fahrt«, sagte der Kommissar, »das war fast eine Hinrichtung.«

Tristan faltete das Blatt auseinander und begann die Liste nach Colins Namen durchzuforsten.

Unterdessen jubelte Paola, als sie die Verbindung mit dem Internet hergestellt hatte.

»Meinetwegen können wir«, grinste sie und blickte zu Tristan.

»Colins steht nicht drauf«, flüsterte der Detektiv.

»Ist das gut oder schlecht?« wollte Paola wissen.

Pfeiffer zuckte mit den Schultern und sah zu Tristan.

»Es verstärkt eine Vermutung«, brummte der Detektiv.

»Und welche?« hakte die Finanzbeamtin nach.

»Dass es bei diesem Fall gar nicht um schlechte Geschäfte geht«, raunte Tristan.

»Oh, das glaube ich nicht«, antwortete sie und fühlte sich in ihrem Element. »Sehen Sie, was ich gestern Abend noch gefunden habe, das passt ganz gut zu einem Rachemotiv.«

»Wie kommen Sie denn darauf?« fragte Pfeiffer und steckte sich wieder einmal eine Zigarette an.

»Warten Sie ab«, grinste Paola und tippte einige Befehle in den Rechner. »Ich will Sie jetzt nicht mit den technischen Feinheiten belasten«, erklärte sie selbstbewusst, »aber durch ein spezielles Programm habe ich ein paar sehr interessante Verknüpfungen gefunden.

Ich wollte wissen, wer von den Menschen auf der Liste, die Sie da haben, größere Beträge über seine Konten bewegt hat. Das allein ist natürlich völlig uninteressant, deshalb gab ich als weiteren Parameter an, dass nur die Konten zu berücksichtigen sind, von denen aus man auf Theos Konto Geld eingezahlt hat.

Sie hatten mich neugierig gemacht, Herr Pfeiffer.

Jedenfalls, dieses Programm arbeitet wie eine Art Suchmaschine im Hintergrund, und als ich gestern spät abends die Ergebnisse abfragte, da spuckte das Programm mir nur einen einzigen Namen heraus.«

»Wie lautet der Name?« fragte Pfeiffer aufgeregt.

»Bitte sehen Sie selbst«, sie hielt ihnen das Notebook hin.

4

Während drei Männer den Namen ungläubig ein zweites Mal lasen, machte sich auf der Terrasse Unmut breit. Bei bestem Kaiserwetter, wie der azurblaue Himmel und eine leichte Brise aus Südwest von den Leuten gerne genannt wurde, scharrte eine kompaniestarke Truppe mit den Füßen, um endlich auf den Golfplatz gehen zu können.

Sie wunderten sich über ein leeres Clubsekretariat und staunten darüber, dass Herbert mit seinen Mannen den Zugang zur Driving-Range fast militärisch perfekt – es fehlten nur noch die Waffen – abgeriegelt hatte. Als Julius endlich die Terrasse mit einem Mikrophon in der Hand betrat, legte sich das Grollen lauter Unzufriedenheit. Jeder Anwesende spürte, dass der Präsident ihnen mehr als einen guten Morgen wünschen wollte und so drängten sich Spielerinnen wie Spieler sowie die Gäste auf der Terrasse zusammen. Zwischen den Menschen tauchte plötzlich das Mikrophon des Lokalradios auf, das von einer zierlichen jungen Reporterin bis vor den Präsidenten geschoben wurde.

»Bei diesem schönen Wetter«, begann Julius ungeachtet der Journalistin, »hätte ich Ihnen gerne einen guten Morgen gewünscht.« Er machte eine Pause und blickte in die Menge, »doch leider kann ich dies heute Morgen nicht. Gestern Nacht wurde unser geschätzter Pro, Colin McDonald, auf brutale Weise erschlagen.«

Ein kollektiver Aufschrei hallte über die Terrasse, über die Spielbahnen, bis hinab zur Driving-Range, wo ein Bestatter gerade damit beschäftigt war, die menschliche Hülle des eben Genannten pietätvoll für den Abtransport vorzubereiten.

»Es versteht sich von selbst«, sprach Julius mit fester und kräftiger Stimme weiter, »dass wir aus diesem Grund die Meisterschaft um einen Tag verschieben werden.

Heute findet kein Spiel statt.

Ich würde es darüber hinaus begrüßen, wenn Sie den ermittelnden Polizeibeamten alle erdenkliche Unterstützung zukommen lassen, damit dieses schreckliche Verbrechen möglichst rasch aufgeklärt wird.

Danke für Ihre Aufmerksamkeit. Das war alles!«

»Herr Donnerscheid«, fragte die junge Reporterin augenblicklich und trat mit ihrem Mikrophon direkt vor den Präsidenten, »hatte der Golflehrer Feinde?«

»Äh«, Julius musterte die junge Person vor ihm und fragte: »Mit wem habe ich das Vergnügen?«

»Bibi Müller, Lokalradio Siegen«, antwortete sie mit einem breiten Lächeln, das augenblicklich verschwand, als sie erneut fragte: »Wie wir aus polizeilichen Quellen erfahren haben, wurde die Tat mit äußerster Brutalität durchgeführt. Nochmals meine Frage: Hatte Colin McDonald Feinde?«

»Im Golfclub, nein«, antwortete Julius langsam, »aber das Leben besteht ja nicht allein aus Golfspielen.«

Bibi Müller wollte die nächste Frage stellen, doch Julius wehrte ab.

»Bitte haben Sie dafür Verständnis, dass ich momentan zu aufgewühlt bin, um weitere Fragen zu beantworten.«

Der Präsident ließ die Reporterin stehen und eilte ins Restaurant, wo Anfred und Marek die Szene mit der Journalistin beobachtet hatten.

»Jetzt sind schon die Presseleute hier«, schnaufte Julius. »Wie haben die das so schnell herausbekommen?«

»Polizeifunk«, murmelte Marek.

»Die hören den ab?« staunte Anfred.

»Es wird nicht lange dauern, dann sind auch die Zeitungsleute hier«, meinte Marek nachdenklich. »Wir sollten uns vielleicht einige passende Statements einfallen lassen.«

»Dürfen die das?« Anfred gefiel es gar nicht, dass eine Horde neugieriger Jeansträger ums Clubhaus stromerte.

»Natürlich dürfen die das«, schnaufte Julius, »wo sind denn diese Polizisten? Sie sollten anfangen, diesen Alptraum zu beenden.«

Tigram nahm Tamara in den Arm.

»Das ist so unsinnig«, seufzte Tamara. »Wer macht so etwas?«

»Sie werden den Mörder schon kriegen«, tröstete Tigram, »lass uns hier verschwinden.«

Sie standen am Rand der Terrasse, etwas abseits der anderen.

»Wir können hier nicht fort«, sagte Tamara und löste sich von Tigram.

»Wieso?«

»Wir müssen bei der Aufklärung helfen.« Sie sah ihn mit großen Augen an. »Das ist doch wohl klar!«

»Wie sollten wir helfen können?« fragte Tigram laut. »Wir wissen doch auch nicht mehr als die anderen.«

»Bist du dir da ganz sicher?« Sie war fest entschlossen nicht zu gehen.

»Ja, das bin ich«, antwortete er, dann schüttelte er ungläubig den Kopf und meinte. »Hast du ein schlechtes Gewissen?«

»Wieso sollte ich ein schlechtes Gewissen haben?« fauchte sie zurück.

»Wenn ich das wüsste, verstünde ich vielleicht, warum du unbedingt hier bleiben willst.«

»Wenn *du* unbedingt gehen willst«, zischte sie zurück, »dann geh doch, das macht dich dann aber wieder zu einem Verdächtigen.«

Tigram atmete tief ein. Eigentlich hasste er Streitereien mit Tamara. Abgesehen davon, dass er immer den Kürzeren zog, weil ihm gewisse Dinge als Mann einfach egal waren, konnte kein anderer Mensch ihn während eines Streites so verletzen wie die über alles geliebte Freundin. Dass sie jedoch so empfindlich reagierte, konnte nur bedeuten, dass sie etwas zu verbergen hatte.

»Was ist wirklich los?« fragte er mit ruhiger Stimme.

Sie schaute ihn an und wollte aufbrausend antworten, doch Tigrams Blick ließ sie innehalten.

Ein paar Minuten standen sie einfach nur da und genossen den schönen Sommertag.

»Du hast mir noch gar nicht erklärt, warum die Polizei dich verdächtigt hat.« Sie sprach leise und sah dabei hinunter zur Driving-Range.

Tigram nickte und blickte ebenfalls auf die Range.

»Ich habe Theo um Geld gebeten«, sagte er langsam.

»Warum bist du nicht zu mir gekommen?« seufzte Tamara.

»Das wollte ich nicht«, antwortete er ohne eine weitere Erklärung.

»Verletzter Stolz oder was?« Tamaras temperamentvolles Wesen begann sich wieder Bahn zu brechen.

»Nein!« schüttelte er den Kopf.

»Ja, was denn dann?« lamentierte sie und wurde energischer. »Bin ich dir vielleicht doch nicht gut genug? Sollten wir deshalb unsere Beziehung geheim halten?«

»Darum geht es dir?« Tigram wurde plötzlich klar, weshalb sich Tamara so aufregte.

»Ich muss lügen«, schrie sie ihn an, »nur weil du nicht den Mumm hast, zu mir zu stehen.«

5

»Das ist doch nicht wahr?« Pfeiffer war echt wütend. »Dieser Julius Donnerscheid lächelt uns an und macht hinter unserm Rücken solche Transaktionen.«

»Jetzt beruhigen Sie sich, Pfeiffer«, mahnte Tristan. »Lassen Sie uns erst mal sehen, was es damit auf sich hat.«

»Oh«, grinste Paola, »das kann ich Ihnen gerne erklären.«

»Bitte!« knurrte der Hauptkommissar und blickte hinaus auf den Golfplatz. »Diese Idylle bringt mich noch um.«

»Also«, die Finanzbeamtin zückte einen Designerstift. »Herr Holzbaum, hätten Sie mal ein Blatt aus Ihrem Notizbuch für mich übrig?«

Holzbaum zog das Notizbuch aus seinem Jackett und riss ein Blatt heraus.

»Danke«, nickte sie. Sie schrieb ein fettes G auf das Blatt. »Dies ist das Konto, von dem aus eine Summe an T, wie Theo, überwiesen wurde.« Sie notierte ein D. »Von dem Konto wurde gestern eine erhebliche Summe auf G überwiesen.

Wie ich Ihnen ja bereits erklärte habe, suchte ich ausschließlich nach Geldbewegungen, die mit Theos Konten in Verbindung standen. Interessanterweise taucht dann plötzlich D auf.«

»Nicht so schnell«, unterbrach Pfeiffer. »Wie kommt jetzt D ins Spiel? Ich meine, G und T sind okay, aber was hat jetzt D dort zu suchen?«

»Natürlich habe ich auch alle Konten überprüft, die mit T in Verbindung standen. Und nur auf das Konto G wurden in den letzten Stunden höhere Beträge eingezahlt.«

»Das könnte doch ein Zufall sein«, merkte Tristan an.

»Nicht, wenn die Summe, die auf G eingezahlt wurde, genau der Summe entspricht, die auf T überwiesen wurde.«

»Bei so viel Buchstabensalat wird mir schlecht«, motzte Pfeiffer. »Jetzt sagen Sie mal, wie Sie auf den Präsidenten gekommen sind.«

»T steht für Theo, G steht für Golfclub«, erklärte sie. »Und D für Donnerscheid. Ich vermute, dass der Präsident Gelder des Clubs auf Theos Konto überwiesen hat. Ich nehme weiter an, dass das Geld in Hedge-Fonds geflossen ist, und wie ich Ihnen ja bereits gestern erklärte, ist da eine Menge Vermögen durch die Immobilienkrise verloren gegangen. Solange Theo noch lebte, sah der Präsident wohl keinen Handlungsbedarf. Ich vermute, dass Theo irgendeine Lösung angeboten hatte, um die verlorenen Clubgelder wieder zu besorgen. Als Theo plötzlich verstarb, bekam Julius wahrscheinlich Angst, wegen Veruntreuung oder etwas dergleichen angezeigt zu werden, denn die Summe, die dort verloren gegangen scheint, ist beträchtlich. Um diesem Ärger vorzubeugen, hat er aus seinem Privatvermögen den Schaden wieder gutgemacht. Deshalb entspricht die eingezahlte Summe exakt der Summe, die zum Zocken auf Theos Konto ging.«

Die Männer sahen sich schweigend an.

»Das bedeutet«, sagte Tristan schließlich, »dass Julius ganz sicher kein Interesse an Theos Tod gehabt haben kann. Und das erklärt die Akten in Frau Vogelbergs Büro.«

»Welche Akten?« fragte Pfeiffer.

Tristan erklärte ihnen, was die Clubsekretärin für den Präsidenten erledigen sollte.

»Ich kann Herrn Irle nur zustimmen«, nickte Paola. »Dieser Julius hatte ganz sicher kein Interesse an Theos Tod.«

»Dann ist das eine Sackgasse!« giftete Pfeiffer.

»Nicht unbedingt«, meinte Tristan.

»So?« Pfeiffer schüttelte den Kopf. »Na, dann raus damit.«

»Der Präsident hat mit dieser Aktion eine Dummheit begangen«, sagte Tristan, »und damit wurde er angreifbar.«

»Schön und gut«, brummte Pfeiffer, »aber was bringt das?«

»Nun, vielleicht wollte jemand, dass der Präsident in diese missliche Lage kommt.«

»Deshalb bringt dieser Jemand einen Menschen um?« Pfeiffer schüttelte den Kopf.

»Wenn er damit ein Ziel verfolgt, vielleicht doch«, erwiderte Tristan. »Wie ich bereits sagte: Verbrechen aus Leidenschaft.«

»Sie wissen etwas, was uns unbekannt ist«, sagte Holzbaum.

Tristan nickte. »So wie es aussieht, ist Julius' Enkelin mit Tigram verbandelt. Das will der Präsident nicht.«

»Sie meinen, dass Tigram diesen Julius erpresst?!« staunte Pfeiffer.

»Nein!« stellte Tristan deutlich klar. »Es wäre aber ein mögliches Motiv.«

Bevor sich Pfeiffer zu sehr in diesen Gedanken verbeißen konnte, fragte er: »Diese Buchungen, können die auch von normalen Menschen nachvollzogen werden?«

»Nein«, antwortete Paola, »aber Theos Erben werden Einblicke in alle seine Konten haben. Die werden herausfinden, dass Geld vom Club auf das Konto von Theo geflossen ist und dann verloren ging.«

»Wer ist als Erbe eingetragen?« fragte Tristan.

Paola zuckte mit der Schulter.

»Nun, das sollten wir herausbekommen«, sagte Holzbaum.

»Es könnte dennoch eine Sackgasse werden«, mahnte der Detektiv. »Wir hätten dann zwar ein Mordmotiv, das auf Theos Fall passt. Aber was ist mit Colin? Er taucht bei keinen dieser Transaktionen auf. Und da ist dann immer noch die Morddrohung. Wie passt sie in das Bild?«

»Vielleicht hat Colin den Mörder gesehen?« überlegte Pfeiffer.

»Ich war die ganze Zeit neben ihm«, erinnerte der Detektiv.

»So«, grinste Pfeiffer. »Wann hat denn Ihr Training begonnen?«

Tristan überlegte, konnte sich aber nicht mehr an die Uhrzeiten erinnern.

»Vielleicht hat er den Mörder gesehen, als er zu Ihnen auf die Driving-Range kam?« wiederholte Pfeiffer.

»Gut möglich.« Tristan blickte aus dem Fenster des Golfshops und sah, wie Loni mit der Reporterin zusammenstand. »Es wird Zeit, dass wir wieder an die Arbeit gehen.«

»Das finde ich auch.« Pfeiffer sagte das mit einem Tonfall, der vorschnelle Handlungen androhte.

»Was werden Sie jetzt unternehmen?« fragte Paola. »Ich meine, Theos Geschäfte scheinen ja nicht das Motiv zu sein.«

»Wir können das nicht gänzlich ausschließen«, warnte Tristan.

»Gut, dann werde ich jetzt erst einmal zu Mittag essen.« Paola packte ihre Sachen zusammen. »Sie finden mich im Restaurant. Ach ja, ich hätte nichts dagegen, wenn Sie erwähnen würden, dass ich als Inspektorin für das Finanzamt arbeite. Das hält mir die testosterongeplagten Männchen vom Hals.«

Pfeiffer grinste. »Das machen wir doch gerne.«

6

Die Reporterin Bibi Müller schlich auf der Suche nach den erwähnten Polizeibeamten zwischen den Leuten auf der Terrasse umher. Keines der Clubmitglieder wollte der jungen Frau Fragen beantworten. Der Schock über den gewaltsamen Tod ihres Golflehrers saß zu tief. Entmutigen ließ sie sich deshalb nicht. Sie wusste, dass die Beamten nicht so empfindlich reagieren würden, allerdings lief ihr die Zeit davon, da sie die Meldung unbedingt im nächsten Nachrichtenblock senden wollte.

»Können Sie mir sagen, wo ich die Kommissare finde?« fragte sie deshalb Loni, die sie zufällig am Rand der Terrasse eine Zigarette rauchen sah.

»Leider nicht«, antwortete Loni, »aber weit können sie nicht sein.«

»Der Golflehrer muss sehr beliebt gewesen sein«, sprach Bibi weiter, »so schockiert sie hier alle sind.«

»Colin hatte seine Freunde«, antwortete Loni und blies Rauchkringel in die Luft. »Aber irgendjemand mochte ihn anscheinend überhaupt nicht.«

»Können Sie sich vorstellen, wer das gewesen sein könnte?«

»Das Ding ist doch aus«, fragte Loni und deutete auf das Mikrophon.

»Klar«, nickte die Reporterin. Sie war durchaus in der Lage, einen eigenen Kommentar zu sprechen, würde sie genügend Informationen haben. »Mein Name lautet übrigens Bibi Müller, Lokalradio.«

»Loni Lohnstein«, erwiderte sie und reichte der Reporterin die Hand. »Ich vermute ja, dass der Mord an Colin mit dem Mord an Theo zusammenhängt.«

Bibi sah sie mit großen Augen an.

»Es gab einen zweiten Mord?«

»Genau genommen war Colins Tod der zweite Mord«, verbesserte Loni, »der erste geschah bereits vorgestern.«

Das wird ja immer besser, dachte die Radioreporterin und fragte: »Können Sie mir etwas zu dem ersten Mord sagen?«

»Wenn das Ding da aus bleibt, gerne«, nickte Loni.

»Kein Problem«, lächelte Bibi und steckte das Mikrophon demonstrativ in eine Tasche. »Also?«

»Lassen Sie uns ein Stück gehen.« Loni deutete in Richtung Übungsgrün.

Die junge Reporterin folgte der Golfspielerin. Sie gingen einige Schritte, bis Loni mit ihrer Geschichte begann. Sie merkten nicht, dass Tristan mit großen Schritten auf sie zu hielt.

»Ich kannte das erste Opfer gut«, sagte sie, »wir waren sozusagen liiert.«

»Wie tragisch«, meinte Bibi.

»Hallo, Frau Lohnstein«, grüße der Detektiv dazwischen.

»Oh, Herr Irle«, erwiderte Loni.

Bibi schaltete blitzschnell.

»Der Privatdetektiv Tristan Irle?« fragte sie höflich.

»Leibhaftig in seiner ganzen bescheidenen Größe«, antwortete Tristan und gab der Reporterin die Hand.

»Frau Lohnstein wollte mir gerade einiges zu dem ersten Mordfall erzählen.« Bibis Puls hatte sich schlagartig erhöht. Mit Irle als Gesprächspartner bekam ihre Geschichte eine ganz neue Wendung. Sie versuchte ihre Aufregung professionell in den Griff zu bekommen, und da war es einen Versuch wert, dem Gesprächspartner ebenfalls den Puls in die Höhe zu treiben. »Diesen ersten Mordfall haben Sie ja bis jetzt ganz gut vor der Presse versteckt.«

Tristan lächelte sie freundlich an.

»Verstecken tut sich momentan nur der Mörder«, sagte der Detektiv ruhig.

»Verstehe«, nickte Bibi. »Die Frage müsste ich wohl eher der Polizei stellen.«

»Oder dem Staatsanwalt«, schlug Tristan vor. »Aber ich hatte Frau Lohnstein unhöflicherweise unterbrochen.«

»Nicht unhöflich«, erwiderte Loni nachdenklich. »Es ist ganz gut, dass Sie das mit anhören. Vielleicht hilft es Ihnen, den Mörder zu finden.«

»Ich bin ganz Ohr«, nickte Tristan.

»Frau Müller fragte mich, in welcher Beziehung ich zu Theo stand«, begann Loni von neuem. »Ich erwähnte Ihnen gegenüber ja bereits, dass mir Theo bekannt war. Was allerdings, Herr Irle, etwas untertrieben war. In Wahrheit waren wir ein Paar.«

Tristan spürte, dass Loni damit kämpfte, ihre Gefühle im Griff zu halten.

»Es war mit Theo nicht einfach. Er sah jedem kurzen Rock nach und ließ auch keine Gelegenheit aus, nachzusehen, was darunter lag. Er hatte zahlreiche Affären, aber die kamen und gingen. Und solange er seinen Trieb diskret auslebte, zumal ich mir das gleiche Recht herausnahm, kamen wir klar. Doch in den letzten Wochen hatte sich sein Verhalten geändert. Und vorgestern, bevor er auf den Golfplatz fuhr, hat er mir gesagt, dass er unter alle seine Affären einen Schlussstrich gezogen habe. Dann bat er mich, seine Frau zu werden.«

»Wau«, stieß Bibi aus. »Und Sie haben ihm geglaubt?«

»Theo war schwierig«, antwortete Loni ernst, »aber wenn er jemandem sein Wort gab, dann war das für ihn heilig. Solange ich ihn kannte, hat er niemals sein Wort gebrochen, auch wenn das hie und da Nachteile für ihn brachte. Ja, ich habe ihm geglaubt.«

»Das war mutig von Ihnen«, meinte Bibi.

»Wenn Sie ihn gekannt hätten, würden Sie mich verstehen können«, sagte sie leise, »aber so mutig war es nun auch wieder nicht.«

Sie machte eine Pause und sah zum Übungsgrün, wo einige Spieler mit ihren Schlägern und Bällen Kunststücke übten, um sich die Zeit zu vertreiben.

»Wissen Sie, Theo mochte neben Frauen nur noch eins genauso gerne und das war Geld verdienen. Und Theo wäre nicht Theo gewesen, wenn er mir mit seinem Heiratsantrag nicht ein besonderes Geschenk gemacht hätte.«

»Einen dicken Verlobungsring?« lächelte Bibi.

»Nein, das wäre für ihn kein Beweis gewesen«, antwortete Loni und ein wehmütiges Lächeln huschte über ihr Gesicht. »Er hat mir ein viel größeres Geschenk gemacht.«

»Er hat Ihnen sein Vermögen zugänglich gemacht«, sagte Tristan.

Loni nickte. »Notariell beglaubigt.«

»Oh«, stöhnte Bibi und fügte, ganz Journalistin, hinzu: »Macht Sie das jetzt nicht verdächtig?«

7

Hauptkommissar Pfeifer interpretierte die neuen Erkenntnisse auf seine ganz eigene Weise. Statt sich durch die Informationen verwirren zu lassen, planierte er alle Ungereimtheiten aus dem Weg. Was dann übrig blieb, war eine schöne breitspurige Schneise, auf der sich nur noch ein Verdächtiger bewegte und der hieß: Tigram Busch.

Der Typ verhielt sich verdächtig, und wenn Irle mit seinen Vermutungen recht behielt, dann hatte Tigram ein sehr schönes Motiv.

»Wie sagte Irle, Verbrechen aus Leidenschaft, das passt wie die Faust aufs Auge«, knurrte der Hauptkommissar und steckte sich die nächste Zigarette an. »Holzbaum, wir suchen diesen Tigram.«

»Was?« der Kommissar sah seinen Chef ungläubig an.

»Nun, was guckst du so?« Pfeiffer blies blauen Rauch in den Himmel. »Du hast doch gehört, was Irle gesagt hat.«

»Aber Chef, warum sollte er Colin töten?« erinnerte Holzbaum.

»Das klären wir später«, maulte Pfeiffer, »jetzt schnappen wir uns dieses Bürschchen und sehen mal, was er auf unsere Fragen so zu antworten hat.«

Der Hauptkommissar stürmte von der Terrasse ins Clubsekretariat. Dort hatte Frau Vogelberg ihre Arbeit wieder aufgenommen, die momentan darin bestand, den Mitgliedern zu erklären, wie es am nächsten Tag weitergehen könnte.

Pfeiffer mischte sich dazwischen und fragte nach Tigram, doch sie konnte ihm nicht weiterhelfen. Schließlich traf er vor den Umkleidekabinen auf Nico.

»Kann ich Ihnen irgendwie helfen?« fragte der Unternehmersohn höflich.

»Und, wer sind Sie?« blaffte ihn Pfeiffer an.

»Nico Schmallenberg«, stellte er sich vor. »Gast und Anwärter auf den Sieg.«

»Na ja, an Selbstbewusstsein fehlt es Ihnen ja nicht«, knurrte der Hauptkommissar, dem der Typ jetzt schon unsympathisch war.

»Golf ist eine Herausforderung«, antwortete Nico zweideutig.

Holzbaum hörte sich den kleinen Disput nun lange genug an.

»Wir suchen Tigram Busch«, fuhr er dazwischen, »haben Sie ihn zufällig irgendwo gesehen?«

»Oh ja«, nickte Nico, und mit einem völlig übertrieben wirkenden Gesichtsausdruck der Betroffenheit sprach er: »Der Typ belästigte Tamara. Sie hatten einen fürchterlichen Streit.«

»Sie haben das beobachtet?« Pfeiffer musterte den gut aussehenden Mann.

»Ich war nahe dran, der bedrängten Tamara zu Hilfe zu eilen«, antwortete Nico.

»Und, warum haben Sie es nicht getan?« fragte Holzbaum.

»Sie ließ ihn stehen«, grinste er schmierig. »Die Frau hat Klasse, wissen Sie.«

»Nun, und wo ist Tigram dann hingegangen?« fragte Pfeiffer.

»Er ist die 13. hinuntergegangen«, antwortete Nico.

»Von dort gelangt man doch ungesehen auf die Driving-Range«, überlegte Pfeiffer laut.

»Ja«, nickte Nico, »aber die ist ja gesperrt.«

Pfeiffer schüttelte den Kopf.

»Holzbaum, komm, wir müssen da runter«, er deutete auf die 13. Spielbahn und eilte los.

Ein paar Meter weiter machte sich Loni gerade zu einer Verdächtigen, als Tristan die Polizeibeamten im Laufschritt am Übungsgrün vorbeirennen sah.

»Was hat er denn jetzt schon wieder vor?« brummte der Detektiv unruhig.

Die beiden Frauen sahen die Polizisten ebenfalls, wie sie die Spielbahn hinunterstolperten.

»Was hat das zu bedeuten?« fragte die Reporterin.

»Wenn ich das mal wüsste«, antwortete Tristan besorgt.

»Da ist eben Tigram runtergegangen«, sagte Loni nachdenklich. »Er hatte einen Streit mit Tamara.«

Tristan musterte Loni.

»Schauen Sie nicht so. Ich weiß, dass die beiden ein Paar sind«, erklärte sie ernst. »Weshalb habe ich Sie wohl gewarnt?«

»Ich erinnere mich«, nickte Tristan. »Woher wissen Sie das?«

»Von Theo«, antwortete sie. »Er war auch hinter Tamara her, aber die hat ihn abblitzen lassen, und als Tigram dann von Theo Geld nahm, kam es sozusagen auf den Tisch.«

»War Theo eifersüchtig?« fragte Tristan.

Loni lachte kurz auf. »Nein, er sah so etwas sportlich. Sonst hätte er Tigram bei seinem Projekt wohl kaum geholfen.«

»Projekt?« Tristan kam aus dem Staunen nicht mehr heraus.

»Dazu kann ich Ihnen nichts sagen«, lächelte Loni, die Tristans Gesichtsausdruck amüsierte. »Wir haben nie darüber gesprochen.«

Tristans graue Zellen begannen wie wild zu arbeiten. Doch was sie an Ideen produzierten, verwirrte mehr, als es für Tristan gut war.

»Was zum Teufel geht hier eigentlich vor?« rief er aufgebracht. Dann sah er die beiden Frauen an und sagte: »Bitte verzeihen Sie den Ausbruch und entschuldigen Sie mich bitte.«

Im nächsten Augenblick stürmte er den Polizisten hinterher, gefolgt von der jungen Reporterin, die ihr Glück kaum glauben konnte.

6. Pfeiffer führte den …

Samstagnachmittag

Pfeiffer führte den jungen Golfspieler in Handschellen über die Terrasse ins Restaurant. Ihm folgten Nico mit einem genüsslichen Grinsen im Gesicht, die Reporterin, Holzbaum und Tristan.

»Musste das wirklich sein?« beschwerte sich der Detektiv, der trotz massiver Proteste dem Hauptkommissar die Aktion nicht hatte ausreden können.

»Vielleicht fängt er jetzt an zu reden«, schnaufte Pfeiffer und drückte Tigram auf einen Stuhl. »Setzen!«

»Was wollen Sie eigentlich?« flüsterte Tigram, der sich zu Unrecht bedroht fühlte.

»Nun«, zischte Pfeiffer, »als Erstes einmal die Antwort auf die Frage, warum Sie Theo Euteneuer umgebracht haben.«

»Ich habe Theo nicht getötet«, stöhnte Tigram. »Wie oft muss ich das noch wiederholen?«

Pfeiffer ließ von ihm ab und sah ins Restaurant. Eine Menge Leute hatten sich um sie versammelt.

»Holzbaum, schaff die Menschen hier raus«, donnerte Pfeiffer den Befehl. »Das Restaurant wird vorübergehend geschlossen!«

»Was?« Julius trat aus der Menge, »dazu haben Sie kein Recht!«

Das wusste Pfeiffer, aber versuchen konnte man es ja mal.

»Wäre es für eine Stunde möglich?« fragte Pfeiffer, der jetzt ungern von Tigram ablassen wollte.

»Ich bleibe hier!« antwortete Julius und warf Tigram einen angewiderten Blick zu. »Eine Stunde wird in Ordnung gehen.«

Paola, die das ganze Treiben von einem Ecktisch aus beobachtet hatte, stand auf und tippte dem Hauptkommissar auf die Schulter. »Ich bleibe auch!«

Pfeiffer nickte.

Holzbaum begann die anderen Menschen aus dem Raum zu bitten. Unterdessen setzte sich Tristan neben Tigram.

Die Reporterin wollte sich jetzt die Butter nicht mehr vom Brot nehmen lassen und wehrte sich.

»Sie gehen auch!« beharrte der Kommissar und drückte sie mit seinem gesamten Körpergewicht vorsichtig nach draußen.

»Es gibt so etwas wie Pressefreiheit!« rief sie.

»Jetzt nicht«, antwortete Holzbaum, »aber in einer Stunde beantworten wir gerne alle Ihre Fragen.«

»Ich nehme Sie beim Wort«, entgegnete sie und gab sich für den Augenblick geschlagen.

»Schließ die Türen«, rief Pfeiffer.

»Was ist mit dem Koch und der Bedienung?« fragte Holzbaum.

»Wenn sie sich im Hintergrund halten, kein Problem«, antwortete Pfeiffer und griff nach den

Zigaretten in seinem Jackett. Die Zigarettenschachtel war leer. »Scheiße!«

»Ist sowieso ungesund«, meinte Tigram aufmüpfig.

»Ach so, ein Schlauberger ist unser Mörder auch noch«, knurrte der Hauptkommissar.

»Pfeiffer«, mahnte Tristan, »er ist nicht der Mörder.«

»So? Na, das wollen wir mal sehen!« Er zog sich einen Stuhl heran und platzierte sich vor Tigram. »Wir wissen, dass Sie von Theo Geld genommen haben.«

Tigram schüttelte ungläubig den Kopf.

»Wir wissen auch, dass Sie ein Verhältnis mit Tamara Ortmann haben«, schob Pfeiffer triumphierend hinterher.

»Was!« rief Julius überrascht. »Ist das wahr?«

»Halten Sie den Mund«, befahl Pfeiffer, »sonst sind Sie draußen!«

»Was fällt Ihnen ein?« mokierte sich Julius.

»Herr Donnerscheid, bitte«, mahnte Tristan. »Wir wissen über Ihre Geschäfte mit Theo ebenfalls Bescheid.«

»Danke, Irle«, nickte Pfeiffer und starrte Julius kämpferisch an.

Julius blickte betroffen weg.

»Also nochmals, Ihr Verhältnis mit Tamara ist bekannt. Es ist ebenfalls kein Geheimnis, dass Sie, Herr Donnerscheid, diese Beziehung überhaupt nicht mochten. Wir haben darüber hinaus herausbekommen, dass Sie, Herr Donnerscheid, eine Menge Geld aus den Clubbeständen Theo überwiesen haben, die dieser dann mit Vollgas in den Teich gesetzt hat. So etwas könnten manche Leute als Veruntreuung bezeichnen, was Sie erpressbar machen könnte.«

»Das war zum Wohle des Vereins«, wehrte sich der Präsident. »Außerdem ist dem Verein kein Schaden entstanden.«

»Richtig, weil Sie die verlorenen Gelder aus Ihrer eigenen Tasche zurückgezahlt haben«, grinste Pfeiffer.

Julius starrte den Hauptkommissar verblüfft an.

»Wie haben Sie das so schnell herausbekommen?« flüsterte er.

Pfeiffer deutete auf Paola. »Darf ich vorstellen: Paola Solanis vom Finanzamt.«

»Oh«, nickte Julius niedergeschlagen.

»Du hast Clubgelder leichtfertig aufs Spiel gesetzt?« fragte Tigram entsetzt.

»Kein Grund für Sie, den Moralischen zu spielen«, meinte Pfeiffer sarkastisch. »Sie haben Theo doch umgebracht, um Ihren Präsidenten erpressen zu können.«

Tigram brauchte einen Augenblick, bis er Pfeiffers Worte richtig verstand.

»Ach, jetzt verstehe ich«, sagte Tigram schließlich nachdenklich.

Es war wie vor einem schwierigen Schlag. Man kannte die Entfernung zum Ziel, die möglichen Auswirkungen, wenn der Ball nicht richtig getroffen wurde und möglicherweise in einer noch ungünstigeren Lage zum Liegen kommen konnte.

Wie hieß es so schön: Im Golfspiel offenbaren sich der Charakter eines Menschen, seine Fähigkeit, mit Unwägbarkeiten und Druck umzugehen und sein Mut, die Dinge anzugehen.

Tigram wusste in einer solchen Lage immer, was er zu tun hatte. Nach all den Wochen der Geheimniskrämerei spürte der Mann jetzt, dass es an der Zeit war, einen mutigen Schlag zu wagen.

»Julius, ich liebe Tamara«, begann Tigram leise, aber mit fester Stimme zu sprechen. »Ich habe die feste Absicht sie zu fragen, ob sie meine Frau werden will.«

Julius schnaufte abfällig.

Davon ließ sich Tigram nicht beeindrucken. Er blickte den Hauptkommissar an und sagte: »Herr Pfeiffer, Theo hat mir in einer schwierigen Situation geholfen. Er gab mir Geld, damit ich ein Patent anmelden konnte, das mir den Weg in die Selbstständigkeit ebnen wird. Er tat dies, ohne die nötige fachliche Kompetenz zu besitzen, um den Wert dieses Patentes einschätzen zu können. Er vertraute ganz allein meinem Wort und verzichtete auf irgendwelche Sicherheiten. – Glauben Sie mir, ich hatte überhaupt kein Motiv, Theo nach dem Leben zu trachten.«

Jetzt war es Pfeiffer, der verblüfft dreinschaute.

2

»Was für eine Scheiße«, stöhnte Pfeiffer und riss die Plastikfolie von der Hülle einer Zigarettenschachtel, die sich der gestresste Hauptkommissar besorgt hatte.

»Das können Sie laut sagen«, stimmte Tristan dem Polizisten zu.

Die beiden Männer saßen unweit des Clubhauses auf der „Lügenbank" und blickten in das Tal. Nachdenklich zog Tristan seinen Tabakbeutel und eine Pfeife aus der Hosentasche. Holzbaum war zum Dienstwagen gegangen, um sich mit der Zentrale in Siegen in Verbindung zu setzen.

»Da habe ich wohl mächtig danebengelegen«, gestand Pfeiffer und zündete sich eine Zigarette an.

Tristan stopfte Tabak in einen Pfeifenkopf und nickte.

»Was machen wir jetzt?«

»Wir entspannen erst mal«, lächelte der Detektiv und steckte den Tabak in Brand.

»Leichter gesagt als getan«, brummte Pfeiffer. »Büdenbender wird mir den Arsch aufreißen, wenn er erfährt, was hier abgelaufen ist.«

»So schlimm wird es nicht werden«, meinte Tristan. »Sie hatten ja einen begründeten Verdacht.«

»Und jetzt sind noch mehr dieser Journalisten aufgetaucht.« Pfeiffer schüttelte den Kopf. »Ich sollte es einmal mit autogenem Training versuchen.«

»Meinen Sie, das hilft Ihnen?« grinste Tristan und blies einen blauen Rauchkringel in die Luft.

»Einen Versuch wäre es wert«, antwortete Pfeiffer.

»Vielleicht sollten Sie es mal mit Golfen versuchen«, meinte Tristan. »Der junge Tigram war doch sehr beeindruckend, oder?«

»Wenn dieses Spiel wirklich das Beste im Menschen zutage fördert, dann sollte ich es wirklich einmal probieren«, antwortete Pfeiffer. »Nur schade, dass keiner mehr da ist, der es mir beibringen könnte.«

»Womit wir wieder beim Fall wären«, nickte Tristan.

Sie blickten hinunter zur Driving-Range.

»Entschuldigt, wenn ich eure Zweisamkeit störe«, sagte Holzbaum, der plötzlich neben ihnen stand. »Aber ich habe ein paar gute Nachrichten.«

»Dann mal raus damit, Holzbaum«, antwortete Pfeiffer erwartungsvoll.

»Wir haben DNA-Spuren und eindeutige Fingerabdrücke«, strahlte Holzbaum. »Der Ball, den Sie gefunden haben, ist eindeutig die Tatwaffe.«

»Das ist mal eine erfreuliche Nachricht«, nickte Tristan und blies einen weiteren Kringel in die Luft.

»Nur, wie gehen wir jetzt weiter vor?« überlegte Holzbaum und sah dem schwebenden Gebilde zu, wie es sich langsam auflöste. »Sollen wir von allen Clubmitgliedern Fingerabdrücke nehmen?«

»Nach Pfeiffers Attacke«, sagte Tristan nachdenklich, »sollten Sie das erst zum Schluss in Erwägung ziehen.«

»Ich stimme Ihnen zu«, stöhnte der Hauptkommissar niedergeschlagen.

»Welches Motiv könnte der Mörder gehabt haben?« fragte Tristan, »wenn wir einmal alles, was mit schlechten Geschäften zu tun hat, ausklammern?«

»Was meinen Sie?« Pfeiffer fand noch nicht die Kraft, einen klaren Gedanken zu fassen. »Diese Morddrohung spricht doch für sich! Holzbaum, was stand da noch?«

Holzbaum kramte einen Zettel aus seinen tiefen Hosentaschen und las vor:

»Für deine schweinereien wirst du sterben!«

Tristan ließ die Worte auf sich wirken und plötzlich kam ihm eine Idee.

»Könnte es sein, dass mit „schweinereien“ nicht die Geschäfte, sondern etwas anderes gemeint war?«

»Was?« brummte Pfeiffer.

»Ich sprach vor Ihrem Eingreifen mit Loni Lohnstein«, berichtete der Detektiv. »Sie ist übrigens Theos Erbin.«

»So?« staunte Holzbaum.

»Sie ist mir sympathisch«, bemerkte Tristan, »deshalb bin ich ihr gegenüber etwas voreingenommen, aber wenn Sie den Gedanken an Erpressung weiter verfolgen wollen, dann wäre sie eine Tatverdächtige.«

»Gibt es eine Verbindung zum Präsidenten?« fragte Pfeiffer.

»Keine Ahnung«, antwortete Tristan, »aber worauf ich hinaus will: Loni sprach davon, dass Theo nicht zu den Treuesten in einer Beziehung zählte. Herr Holzbaum, haben Sie die Liste dabei?«

Holzbaum nickte und kramte ein Blatt Papier aus seinem Jackett.

»Bitte«, er reichte es Tristan.

Tristan suchte auf der Liste nach Lonis Namen. Er ging sie ein zweites Mal durch, dann sagte er enttäuscht: »Sie steht nicht drauf.«

Er legte das Blatt zur Seite. Plötzlich weckte ein schwarzer Kolkrabe seine Aufmerksamkeit. Der Vogel saß in einem der mächtigen Bäume, die die Bank in Schatten hüllte. Es schien so, als beobachtete der schlaue Rabenvogel die drei Männer. Ausgelöst durch den Anblick des Vogels glühte ein schwacher Gedanke in Tristans grauen Zellen auf. Dem Detektiv fiel seine Erklärung des gestrigen Tages ein, dass alle Omen meist zweideutig zu deuten seien. Er ging nochmals alle Fakten durch, die die beschwerlichen Ermittlungen ergeben hatten. Was hatten sie falsch gedeutet?

Tristan griff erneut zu der Liste und ging sie ein weiteres Mal durch. Er stieß auf einen Namen, dem er bis jetzt keine größere Bedeutung zugeordnet hatte. Konnte es so einfach sein?

»Mir ist etwas anderes aufgefallen«, sagte er leise und dann wurde ihm schlagartig alles klar.

»Was?« schoss es den Polizisten gleichzeitig aus dem Mund.

»Dieser Ball, was für eine Marke war das?« fragte Tristan nun aufgeregt.

Holzbaum zückte sein Notizbuch und antwortete: »Warbird.«

»Klingt martialisch«, meinte Pfeiffer.

»Wir sollten uns mal ein paar Golftaschen ansehen«, meinte Tristan und stand auf. »Gute Spieler spielen immer mit derselben Marke«, erklärte er den beiden. »Die Bälle sehen zwar alle gleich aus, haben aber unterschiedliche Kerne. Das macht den einen Ball weich und den anderen hart.«

»Hat Ihnen Colin das erklärt?« fragte Pfeiffer, dem der Zusammenhang zum Mord noch fehlte.

»Nein«, grinste Tristan, »das war jemand anderes. Lassen Sie uns losgehen.«

Auf dem Weg zum Clubhaus erklärte Tristan den Beamten, was ihm gerade in den Sinn gekommen war.

»Dann sollten wir schnellstens die Spurensicherung kommen lassen«, sagte Pfeiffer, als Tristan mit seinen Erklärungen fertig war.

»Ich kümmere mich um die Golftaschen«, meinte Holzbaum. »Mal sehen, ob wir den einen oder anderen „Warbird" finden.«

»Herr Pfeiffer, Sie sollten ein paar Gläser beschlagnahmen«, schlug Tristan vor. »Nur für den Fall, dass die kleinen „Kriegsvögel" ausgeflogen sind.«

»Kein Problem«, nickte der Hauptkommissar.

»Ich werde mir mal Colins Terminbuch vornehmen«, sagte Tristan. »Ich denke, dann können wir die Beweiskette schließen.«

3

Tamara war mächtig stolz auf Tigram. Die beiden saßen auf der Terrasse und waren umringt von wohlwollenden Vereinskameraden.

»Und du hast wirklich ein neues Patent entwickelt?« sagte sie zum wiederholten Male und strahlte ihn an. »Ich bin mächtig stolz auf dich.«

»Das sah vor einer Weile noch ganz anders aus«, erwiderte er leise.

»Mann«, sie stupste ihn an, »du kannst einen ja auch mächtig auf die Palme bringen.«

»Dieses Patent«, fragte Claude-Marcel, »hat das etwas mit deinem Job zu tun?«

Tigram sah den alten Richter an.

»Ich meine«, fügte Claude-Marcel hinzu, »wenn es mit deiner Arbeit zusammenhängt, hat Marek einen Anspruch auf deine Arbeit?«

Tamara blickte den alten Richter böse an.

»Seit wann denn das?« warf sie ihm an den Kopf.

»Nun, das ist allgemeines Arbeitsrecht«, erwiderte er.

»Ist das wahr?« Sie wandte sich an Tigram.

»Ja, Claude-Marcel hat recht«, stimmte Tigram zu. »Und ja, es hat mit meiner Arbeit zu tun.«

»Dann ist das Patent wohl wertlos«, sagte der alte Richter nachdenklich.

»Nun«, grinste Tigram schelmisch, »nicht unbedingt.«

»Warum grinst du?« Tamara kannte dieses Grinsen, es verursachte bei ihr ein Kribbeln in ganz besonderen Körpergegenden. »Du hast dich vor Marek geschützt. Stimmt's? Ganz sicher, mein Freund ist doch kein Dummkopf.«

»Das muss aber dann vertraglich geregelt worden sein«, meinte der alte Richter. »Ich meine ausdrücklich formuliert!«

»Das ist es«, sagte Marek, der plötzlich an ihrem Tisch auftauchte. »Du hast mich reingelegt!« Sein Tonfall nahm einen bedrohlichen Klang an.

»Und du wolltest mich ausbeuten.« Tigram fixierte seinen Chef mit kalter Gleichgültigkeit.

»Ihr habt einen Vertrag abgeschlossen?« fragte Claude-Marcel ungläubig und blickte dabei Marek an.

»Vor einigen Monaten habe ich auf einen Teil meines Gehaltes verzichtet«, erklärte Tigram. »Marek wollte mich entlassen, weil es der Firma angeblich nicht so gut ginge. Ich bot ihm an, für weniger bei ihm weiterzuarbeiten, wenn wir dafür einen neuen Arbeitsvertrag abschließen würden. Dem stimmte Marek mit Freuden zu. In diesem Vertrag ist ausführlich geklärt, dass ich alle Patente, die ich im Zusammenhang mit meiner Arbeit ab Vertragsabschluss anmelden würde, ausschließlich selbst nutzen darf. Er trat alle möglichen Ansprüche ab.«

»Ich dachte, es wäre nur so eine verrückte Idee von dir«, schimpfte Marek. »Du hast mich reingelegt.«

»Verlieren konntest du schon immer schlecht«, sagte Tamara laut. »Tigram ist nicht nur besser im Golf, er kann auch mehr als du. Und jetzt gründen wir eine eigene Firma!«

Tigram gab Tamara einen Kuss und meinte: »Und wie wir die gründen.«

Marek biss die Zähne aufeinander.

»Wer gründet eine eigene Firma?« fragte Tristan.

»Tigram und ich«, strahlte Tamara. »Was sagen Sie dazu?«

»Nach allem, was heute geschehen ist«, staunte der Detektiv, »eine außerordentlich gute Wende.«

»Finden Sie?« maulte Marek. »Der Mörder läuft immer noch frei herum.«

»Nun«, lächelte Tristan und sah über den Rand seiner Halbbrille hinweg in die Runde, »wenn ich Sie bitten dürfte, im Restaurant Platz zu nehmen.«

»Was soll das?« schimpfte der alte Richter. »Wollen Sie uns verhören? Dazu haben Sie gar kein Recht.«

»Nein, verhören möchte ich niemanden«, antwortete der Detektiv freundlich. »Aber ich möchte Ihnen einige Erkenntnisse darbieten, die im

Falle der beiden Morde für Sie sicherlich von Interesse sind.«

»So?« staunte der alte Richter. Dann versteinerte sein Gesicht und er meinte: »Sie setzen sich auf die „Lügenbank" und plötzlich haben Sie die Lösung des Falles?«

»Dieser Platz bietet Inspiration«, erwiderte der Detektiv kalt.

»Sie haben sie doch nicht alle«, maulte Claude-Marcel und stand schwerfällig auf. »Aber wenn wir schon nicht spielen können, hören wir uns doch mal an, was dieser Mann zu sagen hat.«

4

Im Restaurant saßen bereits Paola Solanis, Loni Lohnstein, Nico Schmallenberg und Jaqueline Sänger. Marek setzte sich zu seiner Frau, während der alte Richter, Tamara und Tigram sich an einen anderen Tisch setzten. Anfred, der Spielführer, und Präsident Julius besetzten zusammen mit Frau Vogelberg einen weiteren Tisch. Als dann auch noch der Head-Greenkeeper Herbert zu ihnen traf, fragten einige laut, wann die Show denn beginnen würde.

Pfeiffer und Holzbaum standen noch draußen vor dem Clubhaus neben einem Polizeiwagen, in dem ein Experte für Fingerabdrücke den letzten Beweis sicherte.

Als Pfeiffer schließlich mit einem zufriedenen Grinsen ins Restaurant trat, ergriff Tristan das Wort.

»Kennen Sie den Begriff: Verbrechen aus Leidenschaft?« begann er. »Darunter fallen Verbrechen, die aus Liebe zu jemandem begangen werden, Morde, die begangen werden, um einen Nebenbuhler zu beseitigen, und Eifersuchtsdramen.«

»Das ist ja wie bei Miss Marple«, warf Nico spöttisch ein.

Tristan ließ sich nicht beirren.

»Die Letzteren, die Eifersuchtsdramen, sind die am häufigsten begangenen Verbrechen aus Leidenschaft, und mit so etwas haben wir es hier zu tun. Aber langsam und von vorne.

Zuerst führten uns die Geschäfte des ersten Opfers, Theo Euteneuer, auf eine falsche Spur. Zudem fanden die Polizisten eine Morddrohung bei Theo, die diesen Verdacht bekräftigte. Wir glaubten, dass die missglückten Investmentgeschäfte einen Rachefeldzug ausgelöst hätten. Doch der Mord an Colin McDonald, der mit Theo keinerlei Geschäfte tätigte, brachte diesen Verdacht ins Wanken. Leider etwas zu spät, um die peinliche Festnahme Tigram Buschs zu verhindern.«

Pfeiffer räusperte sich und winkte Tigram entschuldigend zu.

»Wenn wir falsch lagen und es kein Verbrechen aus materiellen Gründen gewesen ist, was blieb dann noch übrig als Mordmotiv?«

»Rache«, rief jemand in den Raum.

»Nicht schlecht«, nickte Tristan. »Rache aus Eifersucht würde auch den ungewöhnlichen Tathergang des ersten Mordes erklären. Ich habe mich gefragt, wie jemand vorgehen würde, wenn er sich wegen Verlustes seines Vermögens rächen wollte. So jemand ginge bedächtig vor und so jemand würde einen Mord planen, der hundertprozentig durchdacht wäre. Unser Täter aber schlug einen Golfball an den Kopf des Opfers. Die Wahrscheinlichkeit, dass so etwas geplant würde, ist äußerst unwahrscheinlich.

Da draußen auf der Bank kam mir schließlich die passende Erklärung. Unser Mörder ist keineswegs mit der Absicht auf den Golfplatz gefahren, Theo umzubringen. Es ergab sich vielmehr durch die Umstände. Ein spontaner Mord, womöglich noch einer, der durch unglückliche Zusammenhänge entstand, ist schwer aufzuklären. Was die Sache für uns nicht einfacher machte. Aber ein solcher Hergang spricht eindeutig für ein Verbrechen aus Leidenschaft. Und die Morddrohung, die kann in einer Gefühlswallung formuliert worden sein.«

»Morddrohung!« warf der alte Richter ein.

»Ja, wie ich bereits erwähnte, die Polizei fand eine Drohung in Theos Hosentasche«, erklärte Tristan und sah einen Augenblick schweigend in die Runde. Schließlich sagte er: »Während der Ermittlungen ist uns dann deutlich geworden, dass Theo Frauen gegenüber nicht abgeneigt war. Es war also durchaus möglich, dass Theo sich mit einer Frau eingelassen hatte, die bereits vergeben war. Akzeptiert man diesen Gedankengang und betrachtet man jetzt die Drohung, dann gab es irgendwo einen gehörnten Ehemann.

Nachdem ich mich hie und da rumgehört habe, bin ich nicht gleich auf den richtigen Gedanken gekommen, der kam mir erst, als ich zum wiederholten Male eine Liste durchging, auf der alle Geschäftspartner Theos notiert sind. Dort fand ich zwischen all den vielen Männernamen nur einen Frauennamen. Und dieser Name führte mich schließlich zu dem Mann, der aus Eifersucht tötete. Und dieser Mann war niemand anderes als Marek Sänger.«

Plötzlich wurde es ganz still im Restaurant, und alle Anwesenden blickten auf den Unternehmer.

»So ein Quatsch!« rief Marek. »Für diese Verleumdung werde ich Sie verklagen.«

»Wir haben Beweise, Herr Sänger«, antwortete Pfeiffer.

»Da bin ich aber mal gespannt«, grinste Marek.

»Als Erstes«, fuhr Tristan fort, »haben Herbert und ich den Ball gefunden, der Theo am Kopf getroffen hat. Wir haben eindeutige DNA-Spuren von Theo und Ihre Fingerabdrücke gefunden. Das wird für einen Haftbefehl reichen. Aber ich kann auch den Tathergang nachweisen.

Als ich mich gestern Abend mit Colin unterhielt, haben Sie uns am Nachbartisch nicht aus den Augen gelassen. Sie müssen das eine oder andere Wort aufgeschnappt haben, denn die Frage, die Colin sich stellte, war: *Wie* kann man einen Golfball so schlagen, dass er genügend Geschwindigkeit aufnimmt, um gefährlich zu werden, und das dann noch zielgenau? Die Antwort ist eigentlich ganz einfach: Man schlägt den Ball wie beim Baseball. Bloß, beim Baseball haben die Spieler einen dicken, runden Schläger in der Hand.

Es gehört schon eine Menge Übung und Geschick dazu, einen Golfball mit einem Putter so zu schlagen. Ich habe gesehen, wie Sie gestern Morgen auf diese Weise einem Spieler einen Ball zugeschlagen haben. Leider fiel es mir erst auf der Bank wieder ein.

Was jetzt getan werden musste, war eine Beziehung zwischen Theo und Ihrer Frau Jaqueline herzustellen. Die fand ich auf der eben erwähnten Liste, die Frau Solanis vom Finanzamt der Polizei zur Verfügung stellte. Dort waren, wie erwähnt, alle Geschäftspartner aufgelistet. Ihre Frau hat eine Menge Geld bei Theo investiert. Sie war die einzige Frau auf der Liste! Von Frau Lohnstein wusste ich, dass Theo Liebesabenteuern nicht abgeneigt war, wie ich bereits erwähnte, doch Theo hatte mit allen seinen Affären abgeschlossen. Ich vermute mal, Frau Sänger, dass Sie den Verlust des Geldes vor Ihrem Mann nicht lange geheim halten konnten, und als Sie Theo auch noch observierte, haben Sie Ihrem Mann alles gebeichtet.

Leider haben Sie dann Colin mit rein gezogen. Aus Colins Terminkalender lässt sich ablesen, dass Sie gestern Morgen eine Golfstunde bei ihm hatten. Wahrscheinlich haben Sie ihm dort andeutungsweise von Ihrer Beziehung zu Theo erzählt. Colin war nicht dumm und so konnte er sich einen Reim daraus machen. Er wusste mehr als er mir gestern sagen wollte. Ihr Mann konnte jedoch nicht zulassen, dass Colin seine Informationen preisgeben würde, deshalb musste auch er sterben.«

Pfeiffer ging auf Marek zu. »Ich verhafte Sie wegen Mordes in zwei besonders schweren Fällen.«

Entsetzt stand Julius auf.

»Ist das alles wahr?« rief er dem Ehepaar entgegen. »Wie konntet ihr nur!«

»Beruhigen Sie sich, Herr Donnerscheid«, sagte Tristan mitleidig, »Gefühle können einen manchmal aus der Bahn bringen. Nicht wahr?«

Die junge Reporterin harrte vor dem Restaurant aus. Als schließlich die Polizei den Mörder abführte, stürmte sie in das Restaurant und stellte den Hauptkommissar zur Rede.

»Das ist jetzt Ihr Part«, sagte Tristan zu Pfeiffer, der einen Moment unsicher wirkte. »Nutzen Sie die Chance.«

Der Hauptkommissar brauchte einen Augenblick, bis er verstand, was der Detektiv ihm sagen wollte. Doch dann klickte es in Pfeiffers Gehirn und er erkannte, wie er seinen Auftritt der letzten Stunde wieder gutmachen konnte. Mit einem breiten Grinsen im Gesicht trat er vor das Mikrophon.

7. Der Himmel meinte es …

Sonntagmorgen

Der Himmel meinte es mit den Golfspielern gut, und so strahlte die Sonne bereits den dritten Tag in Folge auf die grünen Fairways. Die ersten Flights waren bereits unterwegs, als Tristan mit Helga und Marlowe die Clubterrasse betraten.

»Guten Morgen«, begrüßte Tamara sie herzlich.

Die beiden erwiderten den Gruß, dann sagte Tristan: »Darf ich Ihnen meine Lebensgefährtin Helga Bottenberg vorstellen?«

Die Frauen gaben sich die Hand.

»Sie haben da ein ganz besonderes Exemplar«, meinte Tamara zu Helga und deutete auf den Detektiv.

»Ja, und das weiß ich zu schätzen«, grinste Helga, »obwohl man das eigentlich nicht in Anwesenheit der Männer sagen sollte.«

»Wie recht Sie haben«, nickte die junge Frau.

Tristan versuchte das Kompliment zu überhören und fragte: »Sind Tigram, Nico und der Präsident schon unterwegs?«

»Ja, sie müssten gleich bei der 13 vorbeikommen«, antwortete Tamara aufgeregt. »Ich hoffe, dass Opa jetzt ein wenig milder mit Tigram umgeht.«

»Er hat es bis jetzt ganz gut ohne Milde geschafft«, meinte Tristan.

»Ohne Ihre Hilfe hätte es für uns böse ausgehen können«, sagte sie ernst, und dann nahm sie Tristan in den Arm. »Danke!«

»Schon gut«, lächelte der Detektiv verlegen und fügte rasch hinzu: »Sie haben mich ja dafür bezahlt.«

»Wann starten Sie?« fragte Helga.

»In einer halben Stunde«, antwortete Tamara.

»Und aufgeregt?«

»Ein wenig«, lächelte sie. »Ich möchte die 82 von gestern toppen. Das habe ich mir fest vorgenommen. Oh, da unten kommen sie.«

Tamara eilte zum Rand der Terrasse. Tristan und Helga folgten ihr.

Die Männer spielten in derselben Konstellation zusammen wie bei der ersten Runde. Tristan blickte auf den Abschlag der 13. Spielbahn.

»Und«, begann Helga zu fragen, »wäre der Sport nicht doch etwas für dich?«

»Weißt du«, antwortete Tristan nachdenklich, »wenn ich sehe, wie die jungen Leute das Spiel lieben, macht es mich schon neugierig.«

»Ja, es ist das beste Spiel der Welt«, sagte Tamara leise mit dem Blick auf den Abschlag. »Ein besseres Spiel gibt es nicht. Sie können jeden fragen. Es macht Freude, es ist schwer. Das viele grüne Gras um einen herum, und man ist ganz allein mit dem Ball. Man kann auf keinen schimpfen, außer auf sich selbst. Es ist das einzige Spiel, bei dem man sich selbst einen Strafschlag geben kann, wenn man ehrlich ist, was die meisten

Menschen sind. Ja, es ist einfach das tollste Spiel, das ich kenne*.«

Über ihnen drehte ein schwarzer Rabe seine Kreise.

»Siehst du«, sagte Tristan zu Helga und deutete auf den Corvus corax, »so viel zu bösen Omina.«

Auf dem 13. Abschlag teete Tigram seinen Ball auf. Was die drei auf der Terrasse nicht wussten: Er führte bereits mit drei Schlägen.

* Aus „Die Legende von Bagger Vance" 2000, Twentieth Century Fox

Danksagung

Um dieses Buch schreiben zu können, musste es das Golfspiel geben. Folglich wäre der Erfinder des Spiels Adressat dieser Danksagung. Nun ist Golf älter als die Französische Revolution und damit die Aussicht gering, einen lebenden Adressaten zu finden. Deshalb gilt mein Dank all jenen liebenswerten Golfspielerinnen und Golfspielern, die vor einer Dekade den Mut fanden, im Siegerland einen Club zu gründen, und denen, die mich mit Geduld und Nachsicht auf meinen ersten Golfrunden begleitet haben.

Um das Manuskript haben sich liebevoll Marlis Klein, Prof. Dr. Jürgen Kühnel, Ralph Rottler, Maria Leyener und Anja Georg gekümmert. Sie haben sich als Testleser dem Inhalt gestellt und konstruktive Kommentare abgegeben. Ihre Hilfe ist gar nicht hoch genug zu schätzen, danke.

Natürlich gilt mein Dank auch all jenen fleißigen Menschen auf dem Golfplatz, die im Hintergrund arbeiten. Ohne ihre Hilfe wäre es nicht möglich Golf zu spielen, und damit gäbe es keine Erfahrungen, die zur Inspiration für dieses Buch wurden.

Der Autor:

Ralf Strackbein lebt in Siegen. Absolvierte ein Magister-Studium an der Universität Siegen. Schrieb als freier Mitarbeiter während des Studiums Filmkritiken und Reportagen für eine Tageszeitung. Nach Abschluss des Studiums war er als Pressereferent in Frankfurt a.M. beschäftigt. Seit Sommer '96 als freiberuflicher Presse- und PR-Berater für Siegerländer Unternehmen tätig.

In dieser Reihe bereits erschienen:

Tristan Irle und der Rubensmord (1991)

Eigentlich sollen die Feierlichkeiten zum 350. Todestag von Peter Paul Rubens friedlich und ohne größeres Aufsehen in der Stadt Siegen gefeiert werden. Doch das ändert sich schlagartig, als man eine Leiche im Vorhof des Oberen Schlosses findet. Privatdetektiv Irle übernimmt den Fall und muss bald feststellen, dass mehr hinter dem Fall zu stecken scheint, als es vordergründig aussieht.

Tristan Irle – Eine Leiche auf der HTS (1992)

Friedlich bereiten sich die Bewohner des Siegerlandes auf das Weihnachtsfest vor. Doch plötzlich wird die festliche Ruhe gestört, als man eine Leiche im Schnee begraben findet. Tristan Irle übernimmt die Aufklärung des mysteriösen Mordes. Dabei verfängt er sich in einem Netz von Intrigen, Bestechungen und Lügen.

Tristan Irle – Mord Pur (1993)

KulturPur – seit Jahren ein Begriff für ein Fest der besonderen Art. Tristan Irle gönnt sich ein paar Tage Urlaub auf dem Giller und trifft dort Pensionsbesitzerin Helga Bottenberg. – Eine Frau, in die er sich verlieben könnte? Beschaulichkeit bestimmt den Tag, bis ein hinterhältiger Anschlag die Idylle zerstört.

Tristan Irle – Die Abseitsfalle (1994)

Die Damenmannschaft des SC Siegen hat es wieder geschafft. Sie steht im Endspiel um die deutsche Meisterschaft. Doch dann verunglückt auf mysteriöse Weise ein Mitglied des Vereins. War es Mord? Diese Frage soll Tristan Irle klären. Voller Tatendrang stürzt er sich ins Spiel. Doch das Spiel ist nicht fair, und er durchschaut die heimtückische Abseitsfalle.

Tristan Irle – Das sexte Gebot (1995)

Seit Tagen ziehen Regenschauer über das Siegerland. In dicke Regenjacken gehüllt, gehen die Menschen ihren Geschäften nach. Plötzlich erschüttert des Nachts eine fürchterliche Autoexplosion die Stadt. Es gibt einen Toten. Zur gleichen Zeit findet Tristan Irle ein Findelkind in der Marienkirche. Die Polizei steht vor einem Rätsel. Haben beide Ereignisse etwas miteinander zu tun?

Tristan Irle und das Rathauskomplott (1996)

Weihnachtsmarkt in Siegen. Es ist der Beginn der Adventszeit. Plötzlich erschüttert ein fürchterlicher Fund auf dem Weihnachtsmarkt die Gemüter. Schockiert schalten sich Staatsanwaltschaft und Polizei ein. Ihnen eine Nasenlänge voraus ist eine junge Journalistin. Sie vermutet Verbindungen zum Rathaus und bittet Detektiv Tristan Irle um Hilfe. Machenschaften allerorts und der kommunale Filz drohen schließlich die Ermittlungen fast zu ersticken.

Tristan Irle – Der Braumeister (1997)

Der junge Braumeister Roland Eichbaum hat die Idee seines Lebens. Er möchte Bier in Asien brauen. Die Verhandlungen sind in vollem Gange, als plötzlich ein Mord die Bierbrauer der Region erschüttert. Bis Tristan Irle durch die trübe Suppe von Verdächtigungen eine klare Spur findet, muss er so manches Glas Bier leeren, und nicht selten beginnt die Recherche mit einem lauten: Prost! Und da ist dann auch noch ein geheimnisvoller Chiffrierschlüssel, der Tristans Ermittlungen behindert.

Tristan Irle – Gegen den Strich (1998)

Die kleine Großstadt Siegen steht im Fokus der Weltöffentlichkeit. Im Medien- und Kulturzentrum laufen die letzten Vorbereitungen auf Hochtouren für eine ganz besondere Ausstellung, als ein Siegener Künstler zu Tode kommt. Tristan Irle beginnt seine Ermittlungen, was Künstlern und anderen Kreativen gegen den Strich geht. Dann muss Irle feststellen, dass die Kunstszene genauso schillernd ist wie eine Malpalette.

Tristan Irle – Tödliche Doktorspiele (1999)

Im Arzt-Gelöbnis steht: »Ich werde meinen Beruf mit Gewissenhaftigkeit und Würde ausüben. Die Erhaltung und Wiederherstellung der Gesundheit meiner Patienten soll oberstes Gebot meines Handelns sein.« Diesen Satz haben auch die Ärzte in einem Krankenhaus in Siegen gelobt. Doch eines Morgens findet man eine tote Patientin. Und wie sich herausstellt, wurde sie falsch behandelt. Chefarzt Dr. med. Killian steht plötzlich unter Mordverdacht, doch er behauptet, unschuldig zu sein. Privatdetektiv Tristan Irle wird eingeschaltet, um den mysteriösen Todesfall zu untersuchen. Ihm gegenüber eine Schar weißer Kittel, die alle etwas zu verbergen scheinen.

Tristan Irle – Siegener Maskerade (2000) gebunden

Schriftsteller Raffael Leich trifft sich im Geheimen mit dem persönlichen Referenten des Bürgermeisters. Ein mysteriöses Bild wechselt den Besitzer, dann fallen plötzlich Schüsse. Raffael kann fliehen. Tags darauf wird Privatdetektiv Tristan Irle eingeschaltet, um zu ermitteln. Zur gleichen Zeit bereitet der Anwalt Hallenberger eine Millionen-Spende für die Stadt Siegen vor, um mit dem Geld das Projekt Apollo-Theater zu finanzieren. Steht der Mord etwa mit dem Theaterprojekt in Verbindung? Welche Rolle spielen Schriftsteller Raffael Leich und der Bürgermeister? Und da ist da noch das geheimnisvolle Bild. Im Buch enthalten: ein ausklappbarer Abzug des mysteriösen Bildes.

Tristan Irle – Eisenhart (2001)

Die Stadtkasse – so ausgetrocknet wie ein afrikanisches Wadi – treibt Stadtkämmerer Goldmann den

Schweiß auf die Stirn. Sein Chef, der Bürgermeister, eröffnet unterdessen ein neues Museum und weiß selbst nicht so recht, wie er die anstehenden finanziellen Probleme lösen soll. Tristan Irle, Privatdetektiv, ist an diesem Tag einer Einladung auf das Segelfluggelände nahe der Stadt gefolgt. Dort muss er einen schrecklichen Unfall mit ansehen. Der Detektiv beginnt zu ermitteln und dabei entpuppt sich die scheinbar eingeschworene Fliegergemeinschaft als lebensgefährliche Bedrohung für Tristan und seine Freunde.

Tristan Irle – Die Fürstenjagd (2002)

Es ist Jagdsaison im Wald des Fürsten zu Widerstein. Allerlei Prominenz aus dem Ausland trifft sich nahe Bad Berleburg in einem Forsthaus, um zusammen mit Fürst Siegfried dem Wild auf die Pelle zu rücken. Vom Jagdfieber gepackt, verteilen sich die Herrschaften im Wald. Schüsse fallen und plötzlich ertönen Jagdhörner. Wenig später wird die Jagd abgebrochen, denn im Wald liegt ein Toter. Tristan Irle, Privatdetektiv, als Treiber bei der Jagd dabei, übernimmt die Ermittlungen. Die stellen sich als äußerst schwierig heraus. Die Jagdgäste aus höchsten adeligen Kreisen schweigen, bis die Beweislast immer erdrückender wird.

Tristan Irle – Lokalzeit (2003)

Die Journalisten des regionalen Fernsehsenders sind ein eingespieltes Team. Erhöhter Stress gehört bei ihrem Job zum Alltag, und da bringt es den verantwortlichen Fernsehredakteur nicht sonderlich aus der Ruhe, als ein Übertragungswagen für die aktuelle Stunde liegen bleibt. Doch als vor laufender Kamera jemand stirbt, da liegen plötzlich bei allen Beteiligten die Nerven blank. Noch ahnt keiner, dass dies der Auftakt zu einer unheimlichen Mordserie ist.

Tristan Irle, Privatdetektiv, übernimmt die Ermittlungen. Und die führen ihn überraschend zu einem großen schwedischen Möbelhaus, dessen Ansiedlung zum Interessenkonflikt mächtiger Parteien geführt hat. Schließlich drängt sich dem Detektiv die Frage auf: Hat das Rathaus etwas mit dem Mord zu schaffen?

Tristan Irle – Baum fällt! (2004)

Die heimische Politprominenz ist hocherfreut. Der brasilianische Botschafter besucht anlässlich einer Fürst-Johann-Moritz-Ausstellung die Region. Eine gute Gelegenheit die Gäste aus Übersee in den Wald einzuladen, um uralte Haubergstradition zu vermitteln. Der Botschafter ist begeistert. Weniger enthusiastisch zeigen sich die Kuratoriumsmitglieder der Ausstellung sowie die verantwortlichen Historiker, allen voran die Rektorin der Universität. Und dann endet der Ausflug für einen Gast auf mysteriöse Weise tödlich.

Tristan Irle, Privatdetektiv, beginnt zu ermitteln. Bald stellt er fest, dass die feine Gesellschaft der

Ausstellungsmacher ihre eigenen dubiosen Ziele verfolgt. Und schließlich gerät der Privatdetektiv ins Schussfeld, denn im Hintergrund agiert noch der Geheimdienst …

Tristan Irle – Die zitternden Tenöre (2005)

Der Männergesangverein *„Pro Patria"* steht vor einer großen Herausforderung. Zusammen mit dem engagierten Chorleiter Gottfried Kunze möchten die Mitglieder nach 100-jährigem Bestehen endlich den Status „Meisterchor" erlangen. Sie proben, bis ihre Stimmbänder zittern, doch dann geschieht während der Probenpause ein Mord. Chorleiter und Erster Vorsitzender sind sich einig, dass dieses hinterhältige Attentat nur einer aufklären kann. Sie engagieren den Privatdetektiv Tristan Irle.

Die Tenöre verfolgen misstrauisch Tristans Ermittlungen. Je mehr der Detektiv in ein klebriges Geflecht aus Intrigen dringt, desto gefährlicher wird es für ihn. Und dann stellt sich plötzlich heraus, dass das Opfer einen berühmten Verwandten hat.

Tristan Irle – Der Killersteig (2006)

An einem herrlichen Spätsommertag trifft sich eine Gruppe Polizisten, um zusammen mit Staatsanwalt und Landrat über einen Teil des berühmten „Rothaarsteigs" zu wandern. Mit Rucksack und Wanderschuhen ausgerüstet beginnt die Wanderung im Süden des Kreisgebietes Siegen-Wittgenstein. Doch schon bei der ersten Übernachtung kommt es zu einem tragischen Zwischenfall.

Tristan Irle, Privatdetektiv, erhält kurz darauf einen geheimnisvollen Anruf, der ihn dazu bewegt, sich der Gruppe am nächsten Tag anzuschließen. Schon bald muss er feststellen, dass nicht alle in der Gruppe so freundlich sind, wie sie vordergründig vorgeben. Als es erneut zu einem Zwischenfall kommt, ahnt der Detektiv, das ein Mörder unter ihnen weilt.

Nicht jeder der genannten Titel ist immer lieferbar. Vergriffene Titel werden in einem bestimmten Rhythmus wieder aufgelegt. Fragen Sie bitte im Einzelfall bei Ihrem Buchhändler nach, welche Titel lieferbar sind.